U0717157

柳開集

〔宋〕柳 開 撰　李可風 點校

中 華 書 局

圖書在版編目(CIP)數據

柳開集/(宋)柳開撰;李可風點校. —北京:中華書局,
2015.11
ISBN 978-7-101-11209-2

Ⅰ.柳… Ⅱ.①柳…②李… Ⅲ.①古典詩歌-詩集-中國-北宋②古典散文-散文集-中國-北宋 Ⅳ.I214.412

中國版本圖書館 CIP 數據核字(2015)第 201628 號

責任編輯:許慶江

柳開集

〔宋〕柳 開 撰

李可風 點校

*

中 華 書 局 出 版 發 行

(北京市豐臺區太平橋西里 38 號 100073)

http://www.zhbc.com.cn

E-mail:zhbc@zhbc.com.cn

北京瑞古冠中印刷廠印刷

*

850×1168 毫米 1/32 · 9⅛印張 · 2 插頁 · 160 千字

2015 年 11 月第 1 版 2015 年 11 月北京第 1 次印刷

印數:1-3000 册 定價:32.00 元

ISBN 978-7-101-11209-2

點校説明

柳開是宋初首倡古文的作家，對北宋古文運動頗具影響，歐陽修嘗推宋朝古文自柳開始。

柳開（九四七——一〇〇〇），字仲塗，大名（今屬河北）人。曾祖佺，祖舜卿，皆不仕。初父承翰，仕周爲南樂令，入宋後爲監察御史。柳開於太祖開寶六年（九七三）第進士。初仕任宋州司寇參軍，稍遷本州録事參軍。太宗太平興國四年（九七九）擢太子右贊善大夫。歷知常州、潤州，拜監察御史。九年遷知貝州，加殿中侍御史。雍熙二年（九八五），坐與監軍忿争，貶上蔡令。三年隨征幽薊，乞從邊軍效死，太宗憐之，復授殿中侍御史。後改崇儀使，知寧邊軍。淳化元年（九九〇）知全州，徙桂州，坐黥卒事，復貶滁州團練副使。真宗即位，加如京使，知環州，徙忻州刺史。咸平三年（一〇〇〇）徙滄州，道病首瘍，卒於并州，年五十有四。

開生於五代後晋末，長於宋初，出身於一個儒學素養相當深厚的家庭。幼時膽氣驚人，年十三時從父居南樂，曾揮劍逐盗，斷其二足指。就學之後，喜討論經義，學爲文章，以韓愈、柳宗元爲宗尚，因名肩愈，字紹先。開以著述爲志，曾博採逸事，著爲《野史》，遂自號東郊野夫。年踰二十，欲補經籍之亡篇，又自號補亡先生。既而易名曰開，字仲塗，以開聖道之塗爲己任。開爲布衣時，急義疏財，豪爽自負，不顧小節，竭力交結俊傑之士，而不與俗儒往來。弱冠即文譽大著，與范杲齊名，世稱「柳范」。及第歷官之後，著述不衰。

宋初結束了晚唐五季近二百年的長期分裂割據的局面，社會秩序漸趨穩定，生産得到了一定的發展，社會經濟呈現較爲繁榮的景象。有宋王朝在完成了統一天下的武功之後，又務求於文治，有意提倡詩賦以粉飾太平，宫廷之内君臣唱和便成了風氣。致使以楊億、劉筠、錢惟演爲首的西崑派風靡宋初文壇。西崑派在以雕章麗句更迭唱和的同時，又喜作駢文，一味堆砌典故，追求偶儷精工的形式。由于他們政治地位很高，得以主盟文壇，於是這種華艷輕靡的文風便成爲一種時代的風尚，所謂「楊劉風采，聳動天下」，進一步發展了晚唐五代的駢麗文風。

幾乎與此同時，一股復古主義思潮也正在發展。唐代韓、柳之後，古文運動的高潮到晚唐、五代已處於低落之勢，但韓、柳古文運動的影響并未泯滅。宋初的一些作家如王禹偁、范仲淹諸人以嚴肅的態度，平淺質樸的語言説理記事，描摹自然，反映現實，寫作着與當日文風截然相反的平實清醇的作品。宋初理學家石介對西崑派進行了嚴厲的批判，他說：「今楊億窮妍極態，綴風月，弄花草，淫巧侈儷，浮華纂組，刓鎪聖人之經，破碎聖人之言，離析聖人之意，蠹傷聖人之道……其爲怪大矣。」（《怪説》）他對楊億的批判可謂擊中要害。但他的文學思想處處將文學與聖道結爲一體，將《尚書》、《周易》、《三百篇》視爲文學的正統，將堯、舜、周、孔視爲文學家的典範，把文學納入道統的規範，嚴重地束縛了文學創作的發展。柳開在石介之前就提出了類似的主張，他主張文道合一，竭力鼓吹復古運動。文與道的關係早在荀子、揚雄、劉勰、文中子的作品裏已多有討論，到了韓愈，明確提出了道的系統，同時提出了文的系統，進而自命爲道統與文統的非我莫屬的繼承者。柳開極力推崇韓愈，正在於兹。柳開初名肩愈，字紹先，既而改名曰開，字仲塗，以爲「將開古聖賢之道于時也；將開今人之耳目，使聰且明也；必欲開之爲其塗矣，使古今由于吾也。」蓋達于孔子者也（卷二《補亡先生傳》）。可見柳開不僅以斯文自任，更以斯道自任。他説：「吾之道，孔子、孟軻、揚雄、韓愈之道；吾之文，孔子、孟軻、揚雄、韓愈之文也。」（卷一《應責》）關於道與文的關係，他認爲道是主要的，是目的；文是次要的，是手段或工具；文的總目的就是明道。他喻道爲海，而文則是游海的工具，文必須與道相適應。用「今人之文」以明道，無異乎游海而乘驥。這種觀點在《上王學士第三書》中有更明確的闡述：

「文章爲道之筌也，筌可妄作乎？筌之不良，獲斯失矣。」又說：「文惡辭之華于理，不惡理之華于辭也。」理華于辭，不能辭華于理，既是他對於明道之文所制訂的標準，又是他對於西崑派形式主義文風的否定。《應責》一篇，集中闡述了關於古文的觀點，他說：

> 子之言，何謂爲古文？古文者，非在辭澀言苦，使人難讀誦之；在于古其理，高其意，隨言短長，應變作制，同古人之行事，是謂古文也。

所謂「古其理」，即闡明古人之道；所謂「高其意」，即是以聖賢之用心而爲，高出今人之意；所謂「隨言短長」，即是要求文章「非在辭澀言苦，使人難讀誦之」，而要達到如韓愈所說的「氣盛則言之短長與聲之高下者皆宜」的程度；所謂「應變作制，同古人之行事」，是要求古文家取法古人，發揮以言化於人的作用，爲「施教化于民」服務。柳開的這些主張在反對晚唐五季直至宋初以來頽靡文風方面確實起到了不可忽視的作用。范仲淹《尹師魯集序》曾說：「五代文體薄弱，皇朝柳仲塗起而麾之。」正是肯定了他在宋初古文運動再度興起中先驅者的地位。但是由于柳開固守儒家傳統之教，認爲今之世與古之世同，今之人與古之人同，觀點迂執保守，而他的古文創作成績難稱卓著，加之辭澀言苦之病，所以他并未使古文運動形成强盛聲勢。正如韓琦《尹洙墓表》所說：「文章自唐衰，歷五代，日淪淺俗，浸以大敝，本朝柳公仲塗始以古道發明之，後卒不能振。」宋代古文運動直到歐陽修、尹洙、石介、梅堯臣、蘇舜欽等登上文壇的時候，他們繼承并發展了柳開以來的復古主義傳統，才把詩文革新運動推向了高潮。

對于柳開其人其文的看法，歷代論者頗有歧異，或推崇備至，或貶抑過甚。如石介《過魏東郊詩》將柳開擬之爲孫、吴、伊、吕，稱他爲「斯文之宗主」，未免言之失當；而如王士禎《池北偶談》云：「予讀《河東集》，但覺苦澀，初無好處，豈能言之而不能行耶？」實爲已甚之詞耳。陳振孫《直齋書録解題》認爲柳文體近艱澀，似乎已成定論。《四庫全書總目提要》指出：「今第就其文而論，則宋朝變偶儷爲古文，實自開始，要其轉移風氣，於文格實爲有功，惟體近艱澀，是其所短耳。」又云：「王士禎《池北偶談》譏開能言而不能行，非過論也。」「王士禎以爲初無好處，則已甚之詞也。」這一評價基本上是中肯的。但是《四庫全書總目提要》及其前後論者對柳文的批評幾乎都是着眼于形式與語言，而對其内容却絶少涉及。從形式上講，柳文確實一反偶儷之習，而以散體古文爲主，但是由于過分重質輕文，導致他的古文藝術技巧不高，又喜用語助詞，支離詰屈，確實令人難讀。至于柳文的内容，幾乎篇篇都是宣揚孔孟之道，處處體現道德禮樂，時時勸導「經夫婦，成孝敬，厚人倫」的儒家教化，内容狹窄而單調，絶少描摹自然、反映現實生活的作品。而且常常大言不慚地以當世之孔孟自居，認爲「聖人之道果在于我」。這恐怕是令人感到苦澀的根本原因。所以李慈銘《荀學齋日記》認爲柳文説理與自譽甚爲可厭，不是没有道理的。柳文亦有佳者，其《應責》一文，全面闡述了作者的復古主張，對于古文的解釋頗有見地，相當精辟，而語句也暢朗可誦。另如《贈麴植彈琴序》（卷十二）先言麴植彈琴而無知音者之悲，後言因麴植之悲而引起作者學爲古文而無知己的自悲之情，寄慨遥深，可謂由衷之言。又如《海説》（卷一）認爲百川之朝于海不能納而涸之，而是循環于天地之間，這是自然運化之道，説理妥順，頗爲可喜。更有一些章表奏疏，抒寫自己效死疆場以報國安邊之壯志，表現了柳開慷慨激昂的豪傑之氣，頗能令人爲之擊節。

宋初著名古文家柳開的文章，在宋代已經其門人張景彙編成書，宋元明清及近代均有著録。

宋晁公武《郡齋讀書志》卷十九别集類下載「《柳仲塗集》一卷」，并云：「集乃門人張景所編，歐公嘗推本朝古文自仲塗始。」陳振孫《直齋書録解題》卷十七别集類中載「《柳仲塗集》十五卷」，並云：「門人張景爲行狀及集序，本朝爲古文自開始，然其體艱澀。」

元馬端臨《文獻通考》全襲《郡齋讀書志》和《直齋書録解題》。

明焦竑《國史經籍志》卷五别集類亦著録「《柳開集》十五卷」。《明史·藝文志補編·經籍志·文集》稱「《柳仲塗集》三册，殘缺。」

清《四庫全書總目提要》載「《河東集》十五卷附録一卷，浙江鮑士恭家藏本。」《增訂四庫簡明目録標注》著録較詳，云：「《河東集》十五卷附録一卷，宋柳開撰，其門人張景編，附録一卷，爲景所撰開行狀。」又云：「蘭溪柳渥川新刊本，抱經、竹汀皆有序。竹汀所見鈔本序後有小字一行云『胥山蠶妾沈彩書』。」

近代《書目答問》及其《補正》亦載《河東集》十五卷附録一卷，有乾隆間蘭溪柳渥川校刻本，光緒間巴陵方功惠碧琳瑯館刻本（合穆修、尹洙二家爲《三宋人集》）等。

從上述著録情況可知柳氏文集在宋代已有刻本，元明兩代可能無刻本，清代有兩種刻本，一爲乾隆乙卯刻本，一爲光緒丙辰刻本。柳開文集傳世之本均爲十五卷附録一卷，在輾轉流傳過程中未大見歧異。柳氏文集之版本今知十有四種，實爲一個系統，兹分别略述于下。

（一）《河東先生集》十六卷，明吴氏叢書堂鈔本，三册，現藏國家圖書館。此本前無張景序，卷首皆無目録，卷數、序次、文字與諸本同。集凡十五卷，第十六卷爲附録，即景所撰《柳公行狀》。此本爲明抄，乃今見最早之抄本，並成爲傳世諸刻本、抄本之祖本，校勘參考價值甚高。簡稱叢書堂本。

（二）《河東先生集》十六卷，上海涵芬樓影印《四部叢刊》所據舊抄本（原抄本今未見)。此本卷數、序次、文字與叢書堂本同。前有張景序、分卷目録。簡稱《四部叢刊》本。

(三)《河東先生集》何焯校本。據《柳河東集》乾隆乙卯刻本(詳後第四個本子)所附録何焯題記及戴殿海跋,可知清代學者何焯曾以出自宋刻之抄本、明抄本互勘,使《柳開集》成爲一個完備之本。其原本今藏山東省圖書館,《中國古籍善本書目·集部》著録之二一八一號。又見第二批《國家珍貴古籍名録》推薦名單第〇三〇六九號。何氏校本在清代影響較大,《柳開集》傳世之本以其爲底本形成了一個完整的系統,何校本既承宋刻、明抄而來,又爲不少清本所祖,起到了承先啓後的作用。簡稱何校本。

(四)《柳河東集》十五卷,乾隆乙卯年開雕(蘭溪文印堂藏版),現藏北京大學圖書館。此本前有盧文弨(抱經)序,張景序,後附録張景所撰《柳公行狀》一卷,何焯題記二則及戴殿海《跋河東先生集後》。簡稱乾隆本。

從何氏題記和戴跋中可知,何氏校本較諸抄本爲最精,而乾隆乙卯本係依據何校本開雕。《柳開集》自北宋刻本至清乾隆乙卯刻本之前數百年間向未刊行,因此可以認爲乾隆乙卯刻本是現存僅見的最早刻本。

(五)《三宋人集》(三種四十六卷),光緒辛巳孟秋碧琳瑯館校刊,内有《河東先生集》十五卷附録一卷,光緒丙辰孟冬刊於韓江官署,現藏北京大學圖書館。此光緒丙辰本與乾隆乙卯本之行格字體幾無差别，唯有個别字之筆劃稍顯不同，顯係據乾隆乙卯本翻刻。又，光緒本每卷之末均標「東陵方功惠重校刊」，而第一第二兩卷之末仍標「蘭溪裔孫柳景昂校字」，與乾隆本同，此乃翻刻乾隆本又一佐證。此本與乾隆本文字差異絶少，只有七處不同，多爲光緒本誤刻所致，但亦有對乾隆本改正之處，如「與堯舜比肩」之「肩」字，乾隆本誤爲「扇」，此本正之（卷十，八頁）。此本較之乾隆本又增録了《四庫全書總目提要》「《河東集》十五卷附録一卷」條和《宋史》柳開本傳，置於集前。簡稱光緒本。

（六）《河東先生文集》十六卷，清抄本，四册，周星詒、柯逢時跋，周李惠跋并録何焯題記。現藏國家圖書館。此本卷數、序次、文字與諸本同，半葉十行，行十八字，楷書極精。張景集序後有一行字云：「胥山蠶妾沈彩書」，此與竹汀（錢大昕）所見本同，并有「胥山蠶妾」、「沈彩之印」，卷一下有「某谷」、「春雨樓校藏書籍」二印。書前有周氏、柯氏二跋。此本雖非何焯手校原本，但亦出自何本，當與何本極近，其校勘參考價值亦高。簡稱周柯本。

（七）《河東先生集》十五卷行狀一卷，清抄本，六册，現藏國家圖書館。此本封面有「咸豐八年六月一日出滂喜園」字樣。前有張景序，每卷有目録。半葉十三行，行廿四、廿五字不等，字楷書不嚴謹。此本諱字不嚴格，如「玄」有缺末筆者，亦有不缺末筆者；「然」字多有缺四點者。抄寫疏忽較多，「焉」誤爲「馬」，「古」誤爲「舌」等等。此本可暫稱「滂喜園」本。

（八）《河東先生集》十五卷行狀一卷，清抄本，彭元瑞校，二册，現藏國家圖書館。此本前有張景序，每卷有目録，卷數、序次、文字與諸本同。此本字損處較多，卷五《與范員外書》「先者仁以存其誠，義有制其體，務在」以下缺，並失去《答梁拾遺改名書》。彭氏校改之處可見，如卷六《上王太保書》：「肯北而退乎」，彭改「北」爲「此」；「虜使聞者南入深冀」，彭改「聞」爲「間」。又如《答臧丙第三書》「若君子織其口而默其言」，彭改「織」爲「緘」等等。此本與乾隆刻本諱字同。簡稱彭本。

（九）《河東先生集》十五卷行狀一卷，清道光十一年劉氏味經書屋抄本，二册，現藏國家圖書館。此本前有黄裳題記一則。此本半葉十一行，行二十字，字楷書頗精。與諸本同。黄校改處僅及卷一《默書》、《名系》、《字説》三篇，如「悦仇綏冤」，黄改「綏」爲「綏」（《默書》），「其難也久」，黄改「久」爲「人」（《字説》），不知何所據。簡稱味經書屋本。

（十）《河東先生集》十五卷行狀一卷，清讀古樓抄本，二册，現藏國家圖書館。此本前有張景序，卷有目録，卷數、序次、文字與諸本同。書後有抄者所録何焯題記一則（康熙五十年辛卯春日），又有抄者題記，云：「辛卯歲八月中秋林村居士復以靛筆改正五十餘字。」此本半葉九行，行十八字，字體頗精，不見校改之迹，當抄於校改之後。因其録有何焯題記一則，文字與周星詒、柯逢時跋本差别很少，疑其亦出自何氏手校本，不過又經他人校改五十餘字，如卷八《與河北都轉運使樊諫議書》「開逐曹帥饋伐燕」，諸本「饋」下皆空一字，獨此本補爲「糧」字。簡稱讀古樓本。

以上諸本，祖承宋刻明抄，中經何焯手校，文字完備，廣爲流傳於清代乾嘉之後。

（十一）四庫全書本。《四庫全書總目提要》載《河東集》十五卷，附録一卷，宋柳開撰。《增訂四庫簡明目録》著録較詳：「《河東集》十五卷，附録一卷，宋柳開撰，其門人張景編，附録一卷，爲景所撰開行狀。蘭溪柳渥川新刊本。抱經、竹汀皆有序。竹汀所見抄本，序後有小字一行云『胥山蠶妾沈彩書』。韓氏有影宋本。《續録》又稱：八千卷樓有舊抄本二部，四部叢刊本。」四庫全書本《河東集》之底本今藏浙江省圖書館，見第三批《國家珍貴古籍名録》推薦名單。

（十二）《河東柳仲塗先生文集》十六卷，清抄本，四册，現藏國家圖書館。此本卷數、序次、文字與諸本同。前有分卷目録，無張景序，全書編有統一頁數，自一至百十七，百十七後尚有半葉。卷前有「南宫邢氏珍藏善本」、「歙鮑氏知不足齋藏書」等印，知不足齋主人即鮑士恭之父鮑廷博，故此本可能即《四庫全書總目》「柳河東集」下所注之鮑士恭家藏本。此本空缺少於叢書堂本而多於其他諸抄本。此本半葉十三行，行廿六字，字體亦精。

卷十六《柳公行狀》「建」字以下缺，與叢書堂本同，顯係自其而出。簡稱知不足齋本。

（十三）《河東先生柳仲塗文集》十五卷附録一卷，六册，孫文川用吕留良抄本校並跋，現藏北京大學圖書館。此本前有分卷目録，無張景序，半葉九行，行二十字，字體不嚴整，信如孫氏所言，脱訛較多，如《東郊野夫傳》有一處竟脱去四百餘字，卷十六《柳公行狀》「建」字以下缺，與（十二）同。簡稱孫本。

（十四）陸心源跋曙戒軒鈔本，收入綫裝書局景印「宋元珍本叢刊」。

以上三個本子與前十種版本仍屬一個系統，均係襲明叢書堂本而來，唯其間無見何校本之痕迹。

此次點校，以今所見最早之刻本乾隆乙卯本爲底本，以明叢書堂本、四庫全書本、《四部叢刊》影印本爲通校本，以周星詒、柯逢時校跋本，彭元瑞校本等爲參校本，並參照與柳開個别篇章有關的書籍，如《史記》、《宋史》、《全唐詩》等互爲勘正。能够斷定的訛誤，則改正原文並出校説明；凡有參考價值而兩可者均爲出異文校記；凡屬明顯的版刻錯訛，則逕改不出校。另外，將柳開生平傳記，柳開文集之書目著録，版本序跋等資料彙集附録於後，以資閲讀研究之便。

柳氏文集在流傳過程中，有《河東集》、《柳仲塗集》、《柳開集》三種名稱，爲不使與唐柳宗元《河東集》相混淆，今名之爲《柳開集》。

在此次點校過程中承蒙北京大學周祖譔教授、孫欽善教授和中華書局編緝部同志給予關心和指導，不然，作爲初學的點校者是無法完成這一工作的。因點校者學識所限，舛誤之處在所難免，更望讀者不吝匡謬。

李可風

一九八四年七月於燕園

目録

序

新雕柳仲塗先生河東集序

盧文弨

聖賢之所以垂世立教者，莫著於六經。後人誦法六經，闡發聖賢之微言大義，以啟迪夫後知後覺者，於是著而爲文，此文之所以爲古而始足重於天下。然則所謂古文者，非古於辭之謂也，言古人之言，此文之所以古矣。宋興，承五季經學廢絶，文章骫骳弊極之後，有能卓然特立，不爲風氣所囿，奮力直追古之作者。以求其所以立言之旨，而一本之於經術，示天下以正路之當遵，而使後來之聞風而興起者益張皇而揚厲之。天下事，作始也難，承藉也易。人但見後來之閎肆彪炳，浩博無涯涘，而因有狹小前人之見，以爲氣鬱轖不宣通，辭艱澀不流暢，幾使不得與於立言之數。噫！此豈可謂善於知人論世者哉？吾於宋初柳仲塗先生之文，而歎其能近於道也。其言曰：「古文者，非在辭澀言苦，使人難讀誦之也，在於古其理，高其意，隨言短長，應變作制，同古人之行事，是謂古文。吾若從世之文也，安可垂教於民哉？」又曰：「吾力學十餘年，非古聖賢之所爲用心者，不敢安於是。棄俗尚而專古者，非樂於人而取其貴者也，獨宜其自知而自樂矣。」又曰：「吾初名肩愈，字紹先，既肩且紹矣，懼其畫也，又欲進其力於道，故易名曰開，字曰仲塗。謂將開古聖賢之道於時也，將開令人之耳目使聰且明也，必欲開之爲其塗矣，使古今由於吾也，吾欲達於孔子者也。」其言如是，可以觀其志之所蓄而文之有本矣。孔子曰「狂者進取」，周子曰「賢希聖」，有志之士自當以聖人爲師，安得怖其言爲河漢也？其文集好事者雖相鈔傳，而無有任剞劂者，今蘭溪柳生兆勳承其尊人之命，得善本而付之梓。此非但一家之書也，學者觀此，可以廣己而造大。必先足乎己，然後可以及於人，而古聖賢垂世立教之心得以綿綿繩繩，相繼於不墜，是斯道所重賴者也，豈獨以其文哉？考《宋史》本傳，其居官也，有剛斷之才，先機之識，治績舉皆有過人者，更非徒託空言以自見者矣。後有志士讀其文，思其人，得不激昂而思自奮與？乾隆六十年八月，後學杭東里人盧文弨序。

重刻河東先生集序

錢大昕

柳氏望出河東，仲塗先生宰相之系，刻厲于學，欲追逐韓文公而上之，以造於聖賢之域，雖未即聖賢，亦聖賢之徒也。其集稱《河東先生》，與子厚先後同名，河東非兩公所專，而若有非兩公莫屬者。宰相雖榮寵一時，而易世以後，齷齪無稱，甚或爲世詬病，故知富貴之有盡，不若文章之長留矣。顧子厚集自宋時注釋者已有五百家，訖今家有其書，而仲塗僅有傳鈔本，又多魚豕之譌。近推吴中何義門學士手校本，而見之者尠。蘭溪柳君渥川得浦江戴氏鈔本，因令其子書旂精校，付諸剞劂，既成，屬予序其端。先生立言之旨，盧抱經前輩序言之詳矣。予讀集中述其父少監之訓曰：「載金連車，不知教子讀書。」又述其叔父户曹之訓曰：「不耘不耨，良苗不秀；不鍛不鍊，良金不辨。欲謀其始，先謀之終；終若不凶，始乃有功。」乃知先生雖天才俊爽，迥軼儕輩，亦由得力於庭訓者深也。渥川故元待制文肅公之裔孫，敦行植品，以亢其宗。而書旂窮經績學，克成厥志，古文，君家事也。當有抗志希古，趾美前人者，吾於蘭溪之柳卜之矣。

河東先生集序

秦　瀛

宋初文章沿五代骫骳之習，其慨然復古，知以韓柳爲宗者，首稱柳先生仲塗。自先生拔起河東，振頽刷靡，其後穆伯長繼之，蘇子美學于伯長又繼之，至歐陽永叔益昌厥緒，而文乃大盛于宋。永叔嘗稱子美爲古文於舉世不爲之時，而先生實與伯長爲古文於子美未爲古文之時也。韓氏有言：「約六經之旨而成文。」蓋六經皆載道之書，故文必本諸經，而道始尊。六經日月也，韓柳歐陽氏之文如五緯之昭回於天，而諸子之文亦如衆星之磊磊然，分燦於霄漢之表。若先生者，非歟？先生嘗曰：「吾將開古聖賢之道於時，以達於孔子。」先生之文，其樸質簡嚴，已具體於韓，雖未知于古聖賢之道果何如，然可謂有志特立之士矣。子美文集刻于商邱宋氏。余曩校《四庫全書》，嘗見伯長集。而先生文，則今浦江戴君瀛三所藏何義門校定善本，而蘭溪柳君渥川所刻者。先生故渥川遠祖也。刻既成，戴君以貽余而屬爲序。夫元明之際，古文之學盛於婺州，元之黄晋卿溍、柳道傳貫，明初之宋潛溪濂、王華川禕，其文皆能原本六經，故卓然可貴。數百年來，婺州承學之士以古文名家者，渺焉無聞。而戴君親受業於天台齊息園侍郎，篤志嗜學。渥川爲道傳後人，又能由道傳以上泝先生而刻其文集，將後之讀是集者，皆當興起以學爲古文，余於婺人其重有幸焉。

柳開集卷一

默書

昔先生將歿而遺此書也，蓋得之於心，記之於言。言雖有句，句未成章，或前或後，皆離其辭，莫貫其義。景乃輯而聯之，名曰《默書》。其言淵深而宏大，非上智不能窺其極。嗚呼！先生以數年之慮，默而著之，後必有默而觀之默而行之者，默之義遠矣哉！凡六百二十三言：

夫有命有性，有性有情，得其性理之静。至静至樂，至動至憂，至常忘機，至樂忘寧。求有于無，無不有也；求無於有，有其無也。無爲無所爲，萬物熙熙；有道有治道，萬物擾擾。儒之爲教，防亂也。爲功惟深，所立固也。作事能長，所居安也。天地之道，生死者也；晝夜之道，動静者也。《易》言其大也，知大者王，知小者亡。南，夏多也；西，秋先也。故聖人用時，小人用物；君子用道，小人用機。

良醫之家，其無亡也；善葬之家，其無昌也。物久則弊，事久即廢，善久必揚，惡久必亡。讓失之守，守失之侵，侵失之陷，陷失之亂，亂失之除，除失之絶。小惡不戮，大惡必生；小善不長〔一〕，大善不成；小道不用，大道不行。終身爲其善，君子不足也；一日爲其惡，小人有餘也。善亦不足，争亦不足，怨亦不足，愛亦不足。天下之害，不足爲大。有不足而與之足，成吾所欲。

忿賜半恩，悦仇緩寃。求大與小，卒終無笑；求小與大，望仇而拜。家無母，半無户；國無臣，半無人。陰言其惡，陽言其善，臣道也；公與之罰，私與之賞，君道也。欺生所信，密漏所親，作者默而若畏知也。衆美詢焉，衆惡察焉。上疑下欺，君臣乃離。有道以民用刑，無道以身用刑，喜怒也〔二〕。

物性急，其散疾；物性緩，其强半。剛而細，無不利；柔而大，莫能敗。遲速適時，萬事以宜。示弱者必强，示强者必弱。有能者爲無能，亦有能也；無能者爲有能，亦無能也。兵惟力勝智，儒惟言多行。怯死無勝，怯學無成。兵敗如鼠，兵勝如虎。進若決河，止若斷柯。以死逭死，爲霸之事。

馳，亂跡也；思，亂心也。解人患在深，解己患在淺。拯弊多功，拯危多德。責之不及，寧若救之不及也？責失其心，救得其心。民無所役，君爲之役。物無大焉，所近必狎。辛膳嗜也，終所私也。甘奪其味，貪者不死。非朝不華衣，非宴不多味，君子也。民有四焉：秀、豪、姦、貪。物從類聚，善惡成焉。南文尚訟，北武尚殺。非大極異，爲史不書。行異無疑，謂所奇也；觀異有思，知所違也。

〔一〕「長」，叢書堂本、《四部叢刊》本、彭本、讀古樓本、孫本作「獎」。

〔二〕「喜怒也」原作雙行小字，不類注文，又與正文格式不一，各本皆然。今據文意改作正文。

名系 并序　與進士高本也

進士高生，學慕韓愈氏爲文，名曰愈。開重惜生難得也，作《名系》一篇貽之。

姓以辯其族者也，名以别其身者也。有善惡，乃有憎愛，以是親疏益間矣。噫！慕彼之賢，名彼之名。與其不慕也，庶可矣。與其爲道也，異哉！名彼之名稱之，不若如彼之賢己有之。

古之賢者同其道，愚者亦同其道，非其稱名同於身也。舜不同堯之名放勛，得如堯；禹不同舜之名重華，得如舜。湯與文王、武王，亦不同名也。孔子同周公之道，不同名爲旦也。孟軻不名之爲丘，揚雄亦不名之曰丘與軻也。韓愈之於儒，可謂專也已矣，亦不名旦、丘、軻、雄也，止名之曰愈矣。此數聖賢人者，皆不同名，而世皆謂之大聖賢人也，則同矣。豈在稱己之身同其名乎？若桀名放勛，得爲堯乎？紂名重華、文命，得爲舜、禹乎？管、蔡、霍三叔名之旦，得爲魯周公乎？使桓魋名丘，七十子肯爲師乎？名身之名，非有善與惡也。同賢愚人之爲道，斯乃善惡也。

王丘名丘，不爲孔丘也。劉軻名軻，不爲孟軻也。況後其時而生乎？學其道而師乎？忍可名其名於己乎？司馬長卿慕藺相如之爲人，名曰相如，果與藺相如爲同乎？爲不同乎？嗚呼！古今人，是亦惑之甚矣！李昇之臣名齊丘者，爲當時之人頗罪之也。

不師其爲道，不學其爲人，名其名於己之身，尚可矣。斯謂不知之者也。苟師其道，學其人，故名其名於己之身，安可爲是乎？己之賢，己之材，勝乎彼之賢，彼之材，善則善矣，安在須名彼之名，即方爲善乎？苟己之賢己之材，不若於彼之賢彼之材，名同而何益乎？名古人之名者，時亦多矣。其人也，居世立身，果善者耶？泛泛然視與息者耳。譬猶賢愚皆曰人，豈足怪哉！開始慕韓愈氏爲文章，名爲肩愈，後乃釋然悟其非也，改之。聖人於道，罕得同日而爲者，必有先後耳。先者知之，告於後者，古人之道也。聖人作經籍，以至書傳，記録存於簡册，皆告於後之人者也。同其時，見其人，言其言，亦告之者也。知而不告之，非君子也，非古人之道也。

字說

邕，和其至也，以世上之爲大賢人之德歟？太史胡繼周欒焦生之好學，慨然異夫時之後進者，名生曰邕。至道三年來自京師，邕文章外，通誦六經、諸史、百氏之言。請字於開，開因字之云世和。世和，邕之義也。

大塊之間，物順於理，和也；物不順於理，何有於和哉？天地和，則風雨雪霜以時，陰陽節序不忒，草木昆蟲咸若，稼穡粢盛乃豐；不和，即日月星辰錯亂，山岳河海崩竭，饑饉疾疫相臻，寒燠晦明失候。君臣和，即邦國郡縣以理，兵民官吏盡誠，戎狄蠻夷來賓，禮樂刑賞無濫；不和，即姦邪忠正淆混，文物聲明蠹弊，讒佞誅戮大興，社稷宗廟是憂。父子和，孝慈生；兄弟和，友愛成；夫婦和，室家平；朋友和，信義行。味之和，食之安；聲之和，聽之樂；色之和，視之親；言之和，聞之悦。動以和，遂其事；居以和，睦其鄰。惟善從和而生，惟不善從不和而作。以和取之猶不取，以和與之猶不與。惟和其難也，惟不和其易也。君子能其難也，久而尤節之，懼變生焉；小人能其易也，暫而尤忘之，喜怨行焉。嗚呼！是和其可小哉？

太史公名生爲邕〔一〕，寧無念也？開字生以和，寧異思也？今天子新即位，紹二聖遺烈，世將用邕和也，邕其和諸世也〔二〕。開愛生之爲人，作《字說》遺焉。

〔一〕「名生爲邕」，原作「曰生爲邕」，四庫全書本作「爲生名邕」，《四部叢刊》本作「名生爲邕」，據四部叢刊本改。

〔二〕「諸」，原作「之」，《四部叢刊》本作「諸」，據改。

續師說 有序

昌黎先生作《師說》，亦極言於時也。謂夫今之士大夫，其智反不若巫醫樂師百工之人。噓！可悲乎，誠哉！尚其能實乎事，而未原盡其情，予故後其辭，而作《續師說》云。

師之所以爲道也，皆可就而學矣。上之人，資以發乎性也；中之人，導而使本其善，絕其不善也；下之人，雖至愚也，猶勝乎不聞而果溺其惡矣。況其人之賢愚，性實一也。

幼混而桀然，豈能自殊也？迨長而成，分矣。

吾何以是言哉？以夫孔子之門人，其大也三千，其博也六萬，未必皆其上智矣，中豈無其下者耶？其所以不流于惡，而悉爲善，以其訓習之故也。苟悉上智也，何獨七十子是稱哉？謂夫設有不善者，今而不聞也。即有之，當時肯爲蔽匿乎？聖賢其何純焉？蓋師之益於人，良是矣。乃吾言賢愚之性無殊焉，在乎師與不師也。故所以世不可棄其師，人不可定其性。師存而惡可移，師亡，雖善不能遽明也。天之生人賢愚也，造化之道矣。吾謂若然者，師可教而能易之，力其與造化敵乎！何可輕其師哉？

今世之人，不聞從師也。善所以不及于古，惡乃有過之者，而復日新焉。雖師教之不傳，猶能萬一其有善者，賴古書之存，得而見之。若是也，將亡之，即奈何乎？學而爲心，與古異也。古之學者，從師以專其道；今之學者，自習以苟其禄。烏得其與古不異也？古之以道學爲心也，曰：「吾學，其在求仁義禮樂歟！」大之以通其神，小之以守其功，曰：「非師，吾不達矣。」去而是以皆從師焉。今之以禄學爲心也，曰：「吾學，其在求王公卿士歟！」大之以蕃其族，小之以貴其身，曰：「何師之有焉？」苟一藝之習已也，聲勢以助之，趨競以成之，孰不然乎？去而是以不必從于師矣。

古之志爲學也，不期利於道，則不學矣；今之志爲學也，不期利於身，則不學矣。捨是，則農兵商工之心爲也。與其朋共言之，必曰：「吾何時其出矣？仕遂吾身也。」彼之坐者亦曰：「然。」上位之人誘下也，則亦曰：「善從於世，善附於人，俟取其禄位而來，餘慎無爲己所知也。」嗚呼！舉天下而孰見從師以專道者矣〔一〕？斯不足責也〔二〕。若是，師之於今，何能得於世哉？吁！人之不識其利也，愚甚乎！

苟今能從於師，則已迨夫古人矣。而復兼彼聖賢之經傳，廣而在於道也。不其易於力，而速其神乎？安知古人之從師，能若於今人之從師也？斯皆莫有趨而識之者，時咸背塗而遠走之，豈不可惜也哉？斯乃非夫師之不行於人，蓋夫人之自不幸其已者也。

〔一〕「以」，《四部叢刊》本作「與」。

〔二〕「責」，《四部叢刊》本作「貴」。

海説

夏禹理水，東入於海，百川會流，混波而注。能納是水者，謂乎處下也。雖處下也，且水注其内，自古至今無暫息焉，固有盈而溢之時也。既不聞有盈而溢之，其水是歸何地也？夏禹既能理之，必能知之矣。所以不言者，陰陽運化之道，自然往復也。

歷代言之者多矣，皆不究其本，謞亂其辭。或言納于尾閭矣，或言注於大荒之中矣。其餘言者，不復正其所説。且言尾閭者，是羿射落之日也，落之爲石，其大十里〔一〕，炎熾其質，故能滲納其水焉。且言注於大荒之中者，言大荒之中，有天臺之山，有不勾之山，有融天之山。海水或東入焉，或南入焉，或北入焉。以予言之，皆非也。

言尾閭能滲納其水者，以其炎熾也。且物有燃之于火，炎熾極焉，以水沃之，不過一二即冰然，不復能滲納水矣。且海自古已來，積衆之水多矣。若尾閭能滲納其水，豈至今炎熾乎？以海沃之，固亦冰矣。物之情與人之情，豈遠哉？尾閭苟不冰，而能滲納其水，即必有物，于今常燃之矣。但未知燃尾閭者，用何物耳？予是知尾閭之説虚誕也。

其言海水入於大荒之中山也，是大荒之山内，别有納水之地。未知其水竟在於何也？若有納水之地，亦與此同海矣。豈此不能納，而彼能納之也？其説亦以詘矣。

予以爲，天地若人之身，江河若人之血。人身之有血，常會于腦，會而復散，歸於四支之中。苟會於腦，積而不散，即卒成疾矣。疾成於内，人亦殞其命也。運而不竭，是能動轉手足，變易神氣，爲物之靈也，爲命之固也。江河於天地之閒，亦若是耳。流會於海，復入於土，散乎四維，居地之下。使地能厚載萬物者，以水扶之也。且掘地逾於尋丈，則必有泉涌而出矣。以是而言，豈不然乎？苟若會流於海，無所散入，則浪溢天地，墊溺生聚，安足勝也？是知百川之朝於海，不能納而涸之也。亦復循環天地之中，東而復西，南北從矣。陰陽運化，理在於此。

又，天地之氣，結爲山，融爲川。結爲山者，古有所定，大小高卑名數，無所改易。融爲川者，則流而不止，浩浩奔涌。豈融爲川者，即往而忘反，結爲山者，凝而能定之乎？苟結而無定，則日大其形，徧天地矣。豈有九州乎？豈有萬物乎？是水其天地之半，山其天地之半也。今之人民，何其處焉？是知結爲山者，古今定矣；融爲川者，古今亦定矣。

又或言：「海有大魚曰鰌，身横於海之中，朝出其穴，海乃潮焉；暮入其穴，海亦潮焉。鰌之出入有節，故潮之朝暮有期。」此之説，鰌之出入，能致海有潮之進退也，是其穴與海相侔也。未知海之何地，乃能容是穴也？又爲虚誕甚矣。

予以水者，凝陰之氣所成也。大凡陰陽之氣，皆自下而升乎上，日出而陽盛，日入而陰勝。夫旦之有潮，以其陽氣發於地中，陰氣上散，水以陽逼之，故從陰氣以溢，乃朝有潮焉。夕之有潮，以其陰氣發於地中，陽氣上散，水以陰扶之，故從陽氣以浮，乃暮有潮焉。

此之數説於海者，皆不可聞於人也。然説於此者，未必彼非而我是，彼虚而我實。以情測之，以理究之，即我之説爲當矣。慮其好迂怪之徒，泯絶吾言，故著其辭，以廣於我之徒也〔三〕。

〔二〕「十」，四庫全書本、《四部叢刊》本作「千」。

〔三〕「以廣」，原作「廣以」，據叢書堂本、《四部叢刊》本、孫本、讀古樓本改。

應責

或責曰：「子處今之世，好古文與古人之道，其不思乎！苟思之，則子胡能食乎粟，衣乎帛，安于衆哉？衆人所鄙賤之，子獨貴尚之，孰從子之化也？忽焉將見子窮餓而死矣。」

柳子應之曰：於乎！天生德於人，聖賢異代而同出。其出之也，豈以汲汲於富貴，私豐於己之身也？將以區區於仁義，公行於古之道也。自身之不足，道之足，何患乎不足？道之不足，身之足，則孰與足？今之世與古之世同矣；今之人與古之人亦同矣。古之教民，以道德仁義；今之教民，亦以道德仁義。是今與古胡有異哉？

古之教民者，得其位，則以言化之，是得其言也，衆從之矣。不得其位，則以書於後，傳授其人，俾知聖人之道易行。尊君，敬長，孝乎父，慈乎子，大哉斯道也。非吾一人之私者也，天下之至公者也。是吾行之，豈有過哉？且吾今恓恓草野，位不及身，將以言化於人，胡從於吾矣？故吾著書自廣，亦將以傳授於人也。

子責我以好古文，子之言，何謂爲古文？古文者，非在辭澀言苦，使人難讀誦之；在於古其理，高其意，隨言短長，應變作制，同古人之行事，是謂古文也。子不能味吾書，取吾意，今而視之，今而誦之，不以古道觀吾心，不以古道觀吾志，吾文無過矣。吾若從世之文也，安可垂教於民哉？亦自愧於心矣。

欲行古人之道，反類今人之文，譬乎遊於海者，乘之以驥，可乎哉？苟不可，則吾從於古文。吾以此道化於民，若鳴金石於宮中，衆豈曰絲竹之音也？則以金石而聽之矣。食乎粟，衣乎帛，何不能安於衆哉？苟不從於吾，非吾不幸也，是衆人之不幸也。吾豈以衆人之不幸，易我之幸乎？縱吾窮餓而死，死即死矣，吾之道，豈能窮餓而死之哉？

吾之道，孔子、孟軻、揚雄、韓愈之道；吾之文，孔子、孟軻、揚雄、韓愈之文也。

子不思其言而妄責於我，責於我也即可矣；責於吾之文吾之道也，即子爲我罪人乎！

柳開集卷二

東郊野夫傳

東郊野夫，肩愈者，名也；紹先者，字也；不云其族氏者，姓在中也。家於魏，居鄰其郭之門左，故曰東郊也。從而自號之，故曰野夫也。或曰：「子邑處而曰郊，士流而曰野，無乃失乎？」野夫對曰：「吾以爲郊，子以爲邑矣；吾以爲野，子以爲士矣。吾寧知郊不爲邑，士不爲野？是果能質其名之在哉？苟不果，吾斯不失矣。」野夫居於家則稱曰東郊，出於旅則稱曰魏郊，以別内外之異也。

野夫性渾然，樸而不滯，淳而不昧，柔知其進，剛識其退。推之以前，不難其行；揖之於後，不忿其勇。來者雖仇而不拒，去者雖親而不追。大抵取人之長，棄人之短，利不能誘，禍不能懼。晦乎若無心，茫乎若無身。不以天地之大獨爲大，不以日月之明獨爲明；風雷不疾其變，嶽瀆不險其固。人莫之識也。與其交者，無可否，無疑忌，賢愚貴賤，視其有分。久與之往還，益見深厚。

或持其無賴之心者，謂其真若鄙愚人也，即事以欺之，復有以一得，便再以其二三而謀，從計其利。雖後己或自敗，野夫與始亦無暫異，竟不言之，然終未有能出其度内者。父兄有以誨而勉之，野夫啞爾笑而對曰：「小兒輩徒勞耳。吾嘗捕虎於穴，挾其門以利刃，彼於内雖奮躍萬變，奈吾當爾隘之阨乎？矧若類之蠢蠢哉！」

或有賓自遠方至，即傾産以待之，遽與之宴笑寢處，無少閒矣。父兄有曰：「汝胡爾爲也？一何太疏易乎！殊不察其彼之人。爲若是，無乃不可乎！」野夫曰：「彼人耳，吾人耳，又何間哉？且天地之中，孰有内外也？四海之人，皆我之親也。己苟有所分别，雖父母兄弟，果肯不以他心待之乎？己苟無所間於人，即孰忍間於吾乎？」父兄以爲然。賓既告返，即解衣質錢以賷之。

或貧餓於時，有若可哀者，雖食減口以遺，恐恐然猶慮不得與之久濟矣，不虞其己之反困也。或曰：「子居貧賤，而務施仁義，司馬氏之所譏也。」野夫對曰：「吁哉！君子計人之急，豈謀己乎？當貧賤而能施諸仁義，斯所難也。當貴富而將施之，即孰不爲能乎？且司馬氏蓋異其君子者耳，所以著書而多離於夫子之旨焉，或退處士而進姦雄，或先黄老而後六經，蓋例若此也。吾所恥耳。」

或有結仇相忿者，野夫曰：「汝來前！何故深憾乎？且汝謀彼以復怨，彼作報以圖爾，兩禍不泯，循環然將何止也？汝無恨他人之不我善，蓋自不能善於人耳。汝苟周於人，即何有不汝豐美乎？汝見盜之爲行乎？其爲殘賊汙惡，雖父母亦不能容耳。反有同類而相感者，尚皆殞身拒害，有以甘心爲交之終始也。蓋無他，能感彼心以盡我誠也。盜之猶若是，矧汝輩皆良民乎！慎勿若此也。」仇聞之者，或相解去焉。

野夫家苦貧，無繼夕之糧，無順時之服。年始十五六，學爲章句。越明年，趙先生指以韓文，野夫遂家得而誦讀之〔一〕。當是時，天下無言古者。野夫復以其幼，而莫有與同其好者焉。但朝暮不釋於手，日漸自解之。先大夫見其酷嗜此書，任其所爲，亦不責可不可於時矣。迨年幾冠，先大夫以稱諱，野夫深得其韓文之要妙，下筆將學其爲文。諸父有於故里浮屠復浴室者，令野夫爲記以試之。野夫時卧疾中，授其言朞望矣。一旦徵牋墨於病榻，出辭以作之〔二〕，文無點竄而成。家人以爲異事，遂騰聞於外之好事者，咸曰：「不可當矣！」復有怒而笑之者，曰：「癡妄兒！」言將我獨復其古，家何逖容乎？聒聒然大徧於人口矣。諸父兄聞之，懼其實不譽於時也，誡以從俗爲急務。野夫略不動意，益堅古心，惟談孔、孟、荀、揚、王、韓以爲企跡。咸以爲得狂疾矣。後日有制作出於時，衆或有下之者。

乾德戊辰中，遂著《東郊書》百篇，大以機譎爲尚〔三〕。功將餘半，一旦悉出焚之，曰：「先師所不許者也。吾本習經耳，反雜家流乎？」衆聞之，益不可測度矣。厚以化俗爲意焉。凡所與往還者，悉歸其指詔，亦以爲軻、雄之徒也。捧書請益者，咸云：「韓之下二百年，今有子矣！」野夫每報之曰：「不敢避是，願盡力焉。」或曰：「子無害其謙之光乎？」對曰：「當仁而不讓者，正在此矣。」或問退之、子厚優劣，野夫曰：「文近而道不同。」或人不諭，野夫曰：「吾祖多釋氏，於以不迨韓也。」

開寶初，又著《東郊野史傳》九十篇。或曰：「子何以作野史？」對曰：「野夫之所職也。」或曰：「何謂野史？」對曰：「在其國史之外不書者，吾書爲野史也。」或曰：「子於司馬氏、班氏、范氏三家，何如也？」對曰：「司馬氏疏略而核辯〔四〕，泛亂而宏遠；班氏辭雅而典正，奇簡而採摘；下乎范氏，不迨二家也，多俗氣矣。吾之所述，居二家之良者。」或曰：「將何用乎？」對曰：「用之，即有用於世；否，雖先師之書，爲長物耳。用不用在於世，吾何知哉？」

野夫以古之人不能究天地之真，海之容納，經之所出，乃作《天辨》、《海說》、《經解》三篇，大能摭其事而證其非，昔賢之所不能及者也。既而所著文章，與韓漸異，取六經以爲式。或曰：「子何始尚而今棄之？」對曰：「孟、荀、揚、韓，聖人之徒也。將升先師之堂，入乎室，必由之。未能者，或取一家以往，可及矣。吾以是耳。汝輩有能如吾，可至矣。」野夫時年始二十有四。後二年，別立傳以書焉[五]，號曰「補亡先生」也。

論曰：東郊野夫，謂其肩，斯樂古道也；謂其紹，斯尚祖德也。退之大於子厚，故以名焉；子厚次之，故以字焉。復以其同時而出，同道而行，今取之偕，信得其美。觀其文章行事，烈烈然統二公也，不爲過矣。

〔一〕「家」，四庫全書本作「樂」。

〔二〕「之」，原奪，《四部叢刊》本「作」下有「之」字，據補。

〔三〕「尚」，原作「上」，《四部叢刊》本作「尚」。據改。

〔四〕「核」，叢書堂本、《四部叢刊》本作「該」。

〔五〕「立」，原作「文」，據叢書堂本、《四部叢刊》本改。

補亡先生傳

補亡先生，舊號東郊野夫者也。既著野史，後大探六經之旨，已而有包括揚、孟之心，樂與文中子王仲淹齊其述作[一]，遂易名曰開，字曰仲塗。其意謂將開古聖賢之道于時也；將開今人之耳目，使聰且明也；必欲開之爲其塗矣，使古今由於吾也。故以仲塗字之，表其德焉。

或曰：「子前之名，甚休美者也，何復易之？不若無所改矣。」先生曰：「名以識其身，義以誌其事，從于善，而吾惡夫畫者也。吾既肩且紹矣，斯可已也。所以吾進其力於道，而遷其名於己耳。庶幾吾欲達於孔子者也。」或曰：「古者稱己孤不改。若是，無乃不可乎？」先生曰：「執小禮而妨大義，君子不爾爲也。」乃著《名解》，以祛其未悟者，衆悉以爲然。

先生始盡心於詩書，以精其奧。每當卷，嘆曰：「嗚呼！吾以是識先師之大者也，不幸其有亡逸者哉！吾不得見也。未知聖人之言，復加何如耳？」尤於餘經，博極其妙，遂各取其亡篇以補之。凡傳有義者即據而作之，無之者復己出辭義焉，故號曰補亡先生也。

先生凡作之書，每執筆出其文，當藁若書他人之辭，其敏速有如此，無續功而成之者。苟一舉筆不終其篇，雖十已就其八九，亦棄去不復作矣。衆問之，先生曰：「吾性不喜二三而爲之者，方出而或止之，辭意遽紛亂，縱後强繼以成之，亦心竟若負病矣。」

或問之曰：「子之《補亡篇》，於古不足當其逸，於今不足益其存，毋乃妄爲乎？」先生對曰：「然縱不能有益于存亡，庶勝乎无心于此者也。」既而辭義有俱亡，不知其可者，慮人之惑，先生即皆先立論，以定其是非，用質其旨要。先生常謂人曰：「夫六經者，夫子所著之文章也，與今之人無異耳。蓋其後之典教，不能及之，故大於世矣。吾獨視之，與汝異耳。」先生乃手書九經，悉以細字寫之，其卷大者不過滿幅之紙，古謂其巾箱之者亦不過矣。已而誦之，日盡數萬言，未嘗廢忘〔二〕。

有講《書》以教後學者，先生或詣其精廬，適當至《虞書・堯典篇》曰：「日中星鳥，以正仲春。」說云：「春分之昬，南方朱鳥之星畢見，觀之以正仲春之氣也。」先生乃問曰：「然夫云『日中星鳥，以正仲春』者，是仲春觀朱鳥之星，以正其候也。且云朱鳥者，南方之宿，以主于夏也〔三〕。既觀其星，以正其候，即龍星乃春之星也〔四〕。春主于東方，可觀之以正其候也。今何不云是而反觀朱鳥之星，何謂也？」說者不能對，惟云傳疏若是，無他解矣。先生揮其座者，曰：「起前，吾語汝。夫歲周其序，春居其始，四星各復其方。聖人南面而坐，以觀天下，故春之時朱鳥之星當其前，故云觀之以正仲春矣。」四座无不拜而言曰：「先生真達於經者也，所以於補亡不謬矣。」先生於諸經，若此者不可遍紀。

先生又以諸家傳解箋注于經者，多未遠窮其義理〔五〕，常曰：「吾他日終悉别爲注解矣。」大以鄭氏箋《詩》爲不可，曰：「吾見玄之爲心，務以異其毛公也。徒欲强己一時之名，非能通先師之旨。且《詩》之立言，不執其體，幾與《易》象同奥。若玄之是箋，皆可削去之耳。」又以《論語集解》闕注者過半，曰：「古之人何若是？吾聞韓文公昔重注之，今吾不得見。吾將下筆，又慮與韓犯。使吾有斯艱也，天乎哉？」

先生每讀《中説》，歎曰：「後之夫子也，續六經矣。世故道否，吾家不克有之。甚乎！年之始成也，逝矣！天適與其時，行之爲事業，堯舜不能尚也。苟不死，天下何有於唐哉？」先生以房、杜諸子散居厚位，叶佐其主，遇其君不能揚其師之道，大其師之名，乃作書以罪之。先生所行事，人咸以爲非可與伍。

范詩有《復古》之什，以頌其德：以其先生能敦復乎古，故賦《復古》；以其能行仲尼之道，故賦《闕里》；以章别當世之人，能作野史，故賦《踵孟》；以其能解釋子雲之書，故賦《先雄》；以其或筆削其韓文之繁者，故賦《刪韓》；以其將求太常第，故賦《多文》；以其必首冠於四科，故賦《高第》；以其後天王，俾不家食，故賦《出禄》；以其將果得其位，則指南於吾道，故賦《指南》；末以《釋經》終其篇，謂其章明經旨，永休於世用，故賦《釋經》。先生見之，曰：「范果知我矣！天之未喪斯文哉！天之若喪斯文也，則世無范矣，范无是言矣。」開寶中，先生來京師，遂刻石爲記於補亡亭内，以誌其已之事。後從仕於世，而行其道焉。

論曰：孔子没，經籍遭秦之焚毁，幾喪以盡。後之收拾煨燼之餘者，得至於今用之也。其能繼孔氏者，軻之下雖揚雄不敢措一辭，以至亡篇闕而其名具載，設虚位也。使歷代諸君子，徒忿痛而見之矣。故有或作而補之者，夫亦不能過其百一，力蓋不足繼也。隋之時，王仲淹于河汾間務繼孔子以續六經，大出於世，實爲聖人矣。是以門弟子佐唐，用王霸之道，貞觀稱理首，永十八君之祚，尚非其董恒輩之曾及也。於乎！知聖人之道者，成聖人之業矣，吾猶不得見王氏之書乎！觀夫補亡先生能備其六經之闕也，辭訓典正，與孔子之言合而爲一，信其難者哉！若王氏之續六經，蓋自出一家之體裁，比夫《補亡篇》，力少殊耳。所謂後生可畏者，雖經籍尚能補之，矧其餘者哉？不可謂代无其人也。

〔一〕「與」，原作「爲」，卷五《答梁拾遺改名書》引此文作「與」，是，今據改。

〔二〕「忘」，原作「妄」，據叢書堂本、《四部叢刊》本改。

〔三〕「主」，原作「立」，據叢書堂本、《四部叢刊》本、周、柯本改。

〔四〕「龍」，原作「尨」，四庫全書本、《四部叢刊》本作「龍」，是也，有「龍星」，無「尨星」，今據改。

〔五〕「遠窮」，四庫全書本作「窮達」，《四部叢刊》本作「達窮」。

韓文公雙鳥詩解

余居東郊，府從事高公獨知予。開寶中，授以昌黎詩三百首，閒與之會，即賡誦評其尤至者。一日，予咨曰：「《雙鳥詩》何謂也？」公曰：「得毋若刺時之政者乎？」予因而悟之，與公言異。故作辭解之，以編于後。

高公子奇曰：「雙鳥者，當其韓之前後，斯執政人也。一以之仕，一以之隱，本異而末同，故曰『落城市』，『集巖幽』，殊以別也。下之言，蓋以其辯姦詭比〔一〕，將壞其時也。未知斯孰氏耳？」

予解曰：「不然。大凡韓之爲心，憂夫道也。履行非孔氏者，爲夷矣。忿其正日削，邪日浸，斯以力欲排之。位復不得拯其世，權復不得動其俗，唱先於天下。天下從之者寡，背之者多，故垂言以刺之耳。」

公曰：「何謂也？」予曰：「作害於民者，莫大於釋、老，釋、老俱夷而教殊，故曰『雙鳥』矣。謂其曰此名也，以非仁義禮樂、父子君臣之類也。其所從來，俱不在於中國，故曰『海外來』也。後漸而至，故曰『飛飛到中州』也。」

公曰：「若是言之，釋之興也，乃西始矣。老之興也，子何云俱不在于中國乎？昔聃著二篇之書，以授其關令，而乃西逝矣，是自此而起耳。子如是，无乃誤辯韓之旨哉？」予曰：「然。且聃之昔在中國也，不以左道示民矣。暨西入於夷，因化胡以成其教，故欺之以神仙之事，用革其心。而後教乃東來，與昔之書果異耳。是非中國之興也，故韓俱云若是矣。夫釋之爲教也，務當民俗奉之，架宫崇宇，必處都邑，故曰『一鳥落城市』也。老之爲教也，務當自親其身，收視反聽，棲息山林，以求不死，故曰『一鳥集巖幽』也。

「謂其『不得相伴鳴』也，以其二教之雖來，而未甚明于世，各泯然矣。言『三千秋』者，以其時久，而極言之也。既未得明其教，其言亦未能大盡于物〔二〕，故曰各閉其口而銜乎萬象也。後之正道漸衰，澆妄之風漸盛，故比之以『春風』焉。

「謂其卷地而起，以其舉世悉如之也。『百鳥皆飄浮』者，衆邪以興也，釋、老乃得競出而扇于民，久益張矣，故曰『兩鳥忽相逢，百日鳴不休』也。有耳者聒皆聾，有舌者反自羞，謂其能恢誕而繁極，他莫及也。

「『百舌』，謂百子也，從來多善於著書，以亂夫子之道，故曰『舊饒聲』，從此低頭不能出其上也。『得病』，謂其道或世不用之，泯泯遂至死乃休矣。世既熾耀其釋老也，謞惑於上下之人，極之又不可究其根，无之又不能免其機，遂皆欲捨其生而從矣。其間有忿而殊其衆者，能大其休聲，以愬于上，故曰『雷公告天公』，以假爲喻也。『百物須膏油』者，使世將復其不敗於生矣。故託言云，自從其兩鳥鳴，而雷光聒亦收矣〔三〕。蓋謂其帝王之道，不能光行於天下也。或有哲智之人，將斡運其世務，或誅或殛，以全其變則懼，所以言之有素也。乃停留其造作，而故云『怕嘲詠』矣。挑抉其草木，誅求其蟲鼠，謂其无所漏脱于幽微也。苟世不息其如此，則咸畏其或生或死，或罪或福，莫知其涯而愁憂矣。故云『不停兩鳥鳴，百物皆生愁』也。

「自此亂，而時无其春秋矣〔四〕，日月亦莫紀其序矣，大法亦失其九疇矣，周孔之道亦絶滅矣。故曰『周公不爲公，孔丘不爲丘』也。若此，乃釋、老之教，果遂分焉，雖行於世也，各有拘其時政矣，故曰天公乃怪，而各囚于一處也。然後，世得不全絶其言他道者，乃云百蟲百鳥鳴〔五〕，而復啾啾矣。教之既有其限，不混然而使民夷也，各守其方而省度矣，故曰既别其處，而能『閉聲省愆尤』也。尚復民之信奉者衆，耗於世而害於物，曰亦不知其厚矣。率四海之大，幾被其困焉，故曰朝食其龍千〔六〕，暮食其牛亦千，飲河生塵，而飲海絶其流也。其末句云『還當三千秋，更起鳴相酬』者，謂其後必不能終如此矣，復有其甚惑者，久而見興也。不限其時，而云久也，故以『三千』爲言焉。斯惟韓之在釋、老耳〔七〕，非其他也。公以爲如何？」

公曰：「若子之言，韓之詩亦云是矣。然子能識之，信子於韓氏也，達其玄微也哉。」

〔一〕「辯」，四庫全書本作「爲」。

〔二〕「于」，原作「干」，四庫全書本作「於」，《四部叢刊》本、光緒本作「于」，今據改爲「于」。

〔三〕「雷」，原作「留」，據叢書堂本、《全唐詩》卷三百四十韓愈《雙鳥詩》改。

〔四〕「時無其」，《四部叢刊》本、四庫全書本作「其時無」。
〔五〕「百鳥」，原作「七鳥」，四庫全書本、韓愈《雙鳥詩》作「百鳥」，今據改。
〔六〕「龍」，原作「龙」，光緒本同，四庫全書本、《四部叢刊》本、韓愈原詩俱作「龍」，今據改。
〔七〕「耳」，四庫全書本、《四部叢刊》本作「罪」。

揚子劇秦美新解

昔人咸謂斯文媚莽之辭也。《法言·孝至篇》曰「周公已來，未有如漢公之懿」者云，稱未篡之前，莽實僞貌而近如是，亦可庶免乎！曰「劇于秦而美于新」，揚子之全德，此焉虧矣。今承往言，亦曰然也。嗚呼！下漢氏幾千年，无一人識雄之旨。蓋君子微言而首比於惡者也。

或曰：「子獨異，而將説之，何哉？是必果能直其雄之志者乎？」予曰：「吁！揚子之志，譏莽而非媚也。謂美之稱，曰劇之類也。且夫目其辭云是者，其旨悉存於間也。夫秦之爲不道，其惡也，有天地而未有之矣。今引而言之秦劇也，取而比之曰新美也，是新无比於五帝三王，莫有其善也；比於秦而褒貶之，是其有不善與秦上下也。故曰『劇秦美新』矣。大凡褒貶于人，取其善惡類而較其優劣也，善者必以善類比之，惡者必以惡類比之。如稱堯舜云者，兼而是同其善也；桀紂云者，兼而是同其惡也，類而較之也。如曰善必以惡較之，即一善而千惡，其善自顯矣；惡必以善較之，即一惡而千善，其惡亦自顯矣，何復枉其功乎？未見較其善惡者，有云堯、桀也，舜、紂也，必曰如堯、舜，桀、紂云，故今揚子是云如是也。劇其秦，謂惡甚也，焚《詩》《書》，大宫室，起長城，巡天下，兼滅其宗周也，故曰劇也。美其新，謂其惡少異于秦也。雖其竊漢祚與滅宗周同，且無諸秦之所大惡也，故曰美也。又夫漢德不如周，享國日淺，王道不成；雖周之衰，經日已久，下劣諸侯，然其滅者，秦當其大逆也，故曰秦劇也，新美也。斯又聖賢之深旨，在于周、漢也。孰可識之乎？」

或曰：「子言斯即然矣。其何下之辭云云乎？」予曰：「吁！『下之辭』云云者〔一〕，蓋蔽其名，譏之所寓也〔二〕。若顯而辯之，即君子微旨何在焉？禍且及矣。凡揚子之是言也，遜惠者也。首亦至於斯焉。言苟不隱其志，後苟不晦其前，則不可也。」

或曰：「然《詩》三百，譏刺者過半，且其篇曰：某篇也，是所怨于時之王者也。下其辭，未有如子稱雄之文將若是也。」予曰：「吁！異乎！時不同，事且殊矣。凡《詩》《書》之作，出自夫子，當時之人，何能有焉？蓋聖人觀前事而繼言之，所以垂炯戒於後世也，非如夫揚子親居於莽之下也。」

或曰：「若而言，是終不敢繼其始，晦不敢敵其明，即曷若不言乎？叔孫對於二世也，僞媚其言而免於禍，蓋上之所發問，而不得已而言也。且雄非有叔孫之召，莽無二世之問，何如是哉？」予曰：「吁！當莽之時，揚子不得不自言也。凡人仕於世，大小之分各異矣。當大而不爲之大，即事之失矣；當小而不爲之小，即事之僭也。且叔孫無居於揚子之位，揚子有過於叔孫之名，位而拘之，名而累之，揚子須以異於叔孫也，在於分之事使然也。叔孫若昔如揚子，不待問而言之也，則不能免後代而誅其名也；揚子若今如叔孫，必待問而言之也，即不能免當日之害其身也。士之遭於不道也，居其邇者禍切之，處其遠者禍間之。危行以言遜，能者可避乎患也，尚時有罹其辜者焉。況揚子之懿若是而人乎？與世當不同也，莽固知耳。苟不有言，即莽疑不足於己也必甚矣。子不聞乎？閉門而著書也，尚有投閣之禍，幾死焉。如是，揚子果得不自言之以進耶？嗚呼！知揚子者在於斯，罪揚子者在於斯。昔之所謂後世復有如我者，知我矣。其於餘也，得不盡若此之類者乎？」

〔一〕「吁！下之辭」，原作「吁之辭」，四庫全書本作「下之辭」，《四部叢刊》本作「吁！下之辭」。今據改。

〔二〕「寓」，原空，各本仍之，今據四庫全書本補。

柳開集卷三

漢史揚雄傳論

子雲作《太玄》、《法言》，本傳稱：「非聖人而作經籍，猶吴、楚之君僭號稱王，蓋天絶之。」

嗚呼！且子雲之著書也，非聖人耶？非聖人也，則不能言聖人之辭，明聖人之道；能言聖人之辭，能明聖人之道，則是聖人也。子雲苟非聖人也，則又安能著書而作經籍乎？既能著書而作經籍，是子雲聖人也。聖人豈異於子雲乎？經籍豈異于《太玄》、《法言》乎？聖人之貌各相殊，聖人之辭不相同，惟其德與理類焉，在乎道而已矣。若非聖人而作經籍，則其所書也，不若於經籍矣。言無章，行無法，是曰經籍乎？人可誣曰經籍乎？

比之吴、楚之君，吴、楚之君，竊位而冒名，悖於道者也，天宜伐而絶之。子雲務教而利時，順於道者也，天豈罪其爲是乎？天能絶吴、楚之君而僭竊，則天甚明矣。天既甚明，固能罪惡而福善，即吴、楚之君可罪，子雲可福也。若反同吴、楚之君而罪子雲，是天明於惡少，而不明於善也多矣。

班孟堅稱諸儒之言曰「是」，蓋當時恥不及雄而謗之者也。不可從而書矣。凡爲史之任，在乎正其得失，而後褒貶之。得失此不能正，況其褒貶乎？所謂孟堅有良史之才者，予於此不曰良史也。

太甲誅伊尹論

《汲冢書·紀年》稱：「伊尹放太甲於桐，尹乃自立。暨即位，於太甲七年，太甲潛出自桐，殺伊尹，乃立其子伊陟、伊奮，命復其父之田宅而中分之。」杜氏注《春秋左氏經傳》既終，始獲是書，因紀於後，意有惑其事，乃曰：「《左氏傳》伊尹放太甲而相之，卒無怨色。然則太甲雖見放，還殺伊尹，而猶以其子爲相也。此爲大與《尚書·叙》説太甲事乖異。不知老叟伏生或致昏忘，將此古書亦當時雜記，未足以取審也。」

余以爲元凱之不章明於此也，非耳！且伊尹相湯，功其大矣。太甲嗣位，《書》稱不惠于阿衡，尹作書以訓之。甲再不聽命，尹乃營桐宫以放太甲。甲能遷厥德，改厥行，既三年，尹奉以復其位。《書》有《太甲》三篇載其事。其上篇曰：「王徂桐宫居憂，克終允德。」《孔氏傳》謂：「往入桐宫居憂位，能思念其祖，終其信德」也。其中篇曰：「惟三祀，十有二月朔，伊尹以冕服奉嗣王歸於亳。」謂其甲既終其信德，尹乃復之也。尹遂作書美之，曰：「皇天眷佑有商，俾嗣王克終允德。」謂其甲能易成其善也。甲遂聽其言，而謝己過，曰拜手稽首云。尹乃復訓以後書，蓋以甲之知其先王之法度，可與居於位也。尹既正其甲於不道，已老，將告歸，復作《咸有一德》之篇，以戒於甲。《書》曰：「伊尹既復政厥辟，將告歸，乃陳戒于德。」又有《沃丁》篇，序云：「沃丁既葬伊尹於亳，咎單遂訓伊尹事，作《沃丁》」。今雖其辭已亡，獨《孔氏傳》曰：「沃丁，太甲子。伊尹既致仕，老終以三公禮葬，訓暢其所行功德之事，乃作此篇以戒也。」是其甲與尹之始終事蹟，畢見於此，竟無言誅尹之説。

又有伊陟相太戊，作《咸乂》之篇。是其子復佐於後王也，亦不云甲復立其子也。又有高宗《説命》之篇，曰：「昔先正保衡作我先王」下云：「格于皇天，爾尚明保予，罔俾阿衡專美有商。」是其後王極誦其先臣之休烈，以冀説企及也。又《周書·君奭》篇云：「在太甲，時則有若保衡；在太戊，時則有若伊陟。」是其君臣悉見其父子間保全令德也。元凱以《紀年》之辭，遽惑於此。

苟伊尹爲臣，能放其君，是其政在尹也，能制於甲矣。豈甲反能以不道害之乎？且尹之相湯，伐桀，以成其功，民咸知尹而輔矣。復以其自立爲君，而又七年以永其位，若是，何有甲之所能哉？既云尹乃自立，是因事而奪君位也，爲逆甚矣！太甲能潛出以誅之，豈肯反用其子乎？必以反用其子，其子果肯平心以事其甲乎？盡道而佐其甲乎？足以明其《紀年》之文，夫子没後，諸國雜亂編記者也，不足取耳。元凱不自悟，反疑伏生以老耄恐致昏忘，一何甚哉！

且安國《叙書》云：「濟南伏生，年已過九十，失其本經，口以傳授，裁二十餘篇。後至魯共王壞孔子宅，于壁間得古文科斗之書，遂以所聞伏生之口傳者，考論文義，定其可知者，又得二十五篇。」是其伏生當時所誦之書，于壁間科斗古文證定其真僞也，亦無誤耳。其所誤者：《舜典》合于《堯典》，《益稷》合于《皋陶謨》，《盤庚》三篇合爲一，《康王之誥》合于《顧命》，序悉言之備矣。苟伊尹實誅，即前數篇之書，憑何而作出？既無所作而出，伏生有誤，即古文科斗尋亦證矣。何其漢代諸儒暨安國亦若是耳〔一〕？獨《舜典》已下能辯之哉？儻伏生之有昏忘，而安國之徒何在焉？是以伏生所記之《書》，胡得其誤也？元凱之知且識也，何可更言或致昏忘哉？此事尤甚昭然也。若曰將此《紀年》之書，疑其雜亂，未足以取審，則察以前事，止可獨曰此書若是有所雜亂者，不可兼曰老叟之昏忘也。果是真僞不分矣。

或曰：「《紀年》之書，皆科斗文字，非秦、漢之所書也。斯非子謂六經皆孔子之撰述者於家，有殊古史也。孔子異其伊尹、太甲事，以成其書，訓于世耳。汲冢之書，勿是其世之本耶？壁間之書，勿是其家之書也？」予曰：「然。若吾所謂夫子之所作，固然矣。且夫子之大聖，公是而公非，觀虞夏已來之事，各因其微而彰其巨，必以質其本矣。豈獨於商也，有所私而易其元乎？」

或曰：「子謂誅尹之説既爲非矣。且太甲居桐三年，天下其誰是君？《紀年》謂尹乃自立者，此勿有所賴歟？」予曰：「古者君喪嗣立，諒闇者三年，百官總己以聽于冢宰。時惟太甲于元年以被放，三年而復之。伊尹實居冢宰之位，總百官之治，非以自立也。《書》所謂『既復厥辟』者，足以明之矣。」

或曰：「馬遷氏《紀》云『湯崩，子太丁未立卒，迺立丁之弟丙爲君。丙即位三年，崩，立丙之弟仲壬爲君。仲壬即位四年，崩，伊尹于是立太丁之子太甲，是爲元年，尹作《伊訓》之類之書』也。如是，成湯至甲〔三〕，内有兩帝，復經七年。何其《伊訓》序云『成湯既没，太甲元年，伊尹作《伊訓》、《肆命》、《徂后》』也？又其《紀》之下辭云：『太甲既立，三年不明，伊尹放之桐。』其《太甲》篇云：『惟三祀，十有二月朔，伊尹以冕服奉嗣王歸于亳。』《傳》謂『湯以元年十一月崩，至此二十六月，三年服闋』也。其《紀年》稱：『仲王即位，卿士伊尹崩，而立太甲。』大與馬遷之《紀》頗同。而獨孔氏之書，年祀帝王有此差異。孰爲非乎？」予曰：「遷之書，與《紀年》之書若等類也，皆非聖人之作矣〔三〕，有所自，不明白其事耳。」

或曰：「然何其馬遷之書其下之辭，紀太甲之反政與伊尹之卒之類，無所異其《商書》也？」予曰：「遷之著此書，當其時，蓋欲自廣耳。執而一紀其經之事，又懼其皆孔子之言，於己無所大也。須以參雜外之書，用混其本矣。斯亦不足致心於二三，蓋諸國之雜亂者也。」

嗚呼！君子常謂慎其所爲也，蓋懼其若此之惑於後也。

〔一〕「暨」，原作「既」，四庫全書本、《四部叢刊》本、光緒本作「暨」，今據改。

〔二〕「成」，《四部叢刊》本作「自」。

〔三〕「之作」，原倒作「作之」，據《四部叢刊》本、彭本、讀古樓本改。

李守節忠孝論

我國家有天下之年，將以文綏萬民，不以武靖四方。盜筠結叛謀，陷澤以死，其子守節以潞下待罪，皇帝命捨之，反授單牧，國史載其事。

嗚呼！若守節也，胡爲生哉？夫君臣以義立，父子以親居。義苟不勝于親，則先其父而後其君矣；親苟不勝于義，則先其君而後其父矣。臣子有家國而成身，有忠孝而立行。不幸或不得其兩全，則俯其一，以免污名也。止可亡身以存行，不可忘行以存身。若守節也，于君不見其義，于父不見其親，敗家而傾國，絶忠而滅孝，萬世之罪人也。

或曰：「守節之事，胡爲不見義於君，不見親於父也？」予曰：「夫義者，道也；親者，情也。道所以出於世教，情所以生於天然。出於世者，不可以違；生於天者，不可以逃。且守節之父謀逆之始，不能盡諫以制其亂，煩君於深慮，勞師於厚伐，己復從之，是於道也，失其義矣。父既成於大逆，死於不義，安而顧其敗，忍而居其後，是於情也，失其親矣。」

或曰：「守節非不以諫其父，其父不聽之，禍心久萌，姦朋固謀。暨其父死，斬佐卒以降。如是，無乃可免於此哉？」予曰：「不然。諫之不以極其道，不如不諫矣。夫諫有三焉：有公諫，有力諫，有死諫。公諫者，謂評其事之可否，論其端之始終，折以短長，取以逆順，是爲公諫也。力諫者，彼衆以是，我獨以非，訐其不道以極其言，稱其大禍以懼其意，進不以退，久不以止，是爲力諫也。死諫者，言既不從，情既不移，可殺己身，以厭彼志，是爲死諫也。如此，始謂極其道耳。且守節豈能有是哉？取其公諫也，則不能明於言；取其力諫也，則不能剛其誠。斯二者尚未果矣，矧能以死諫之乎？」

或曰：「古所謂三諫不從，則隨而泣之。若守節之諫其父也，必以力諫矣，言必極於敗禍，事必沮於兇姦。如謂之隨而泣之者，守節於父也，莫得其道哉？」予曰：「古之所謂泣諫其父者，豈在父爲大逆乎？叛君謀國，殘民興師耶？」或曰：「父之事既異其古，子之諫又加於古，復何使諫乎？」予曰：「可以死諫矣。」

或曰：「子之意，謂死諫也。以其筠之性既酷暴而隱忍，莫若以其諫不止而被誅于父也？」予曰：『不然。言不見聽，乃可當其父之前，衆之中，大呼而號曰：『今此之亂，違天地，欺日月，鬼神亦所以待誅也，夷狄亦所以不爲也！我言不從，汝逆必行，敗而吾亦被戮矣，我不若先其汝敗而前自死，以免其名爲背君之賊也。觀汝之輩後日死，且百毒而加身，不及吾之萬一耳！』而後或刺刃以明心，或扼喉以斷氣。苟實以力諫不從，即可用此以諫矣。且不聞守節之有是哉，安能存其親之情於父也？」

或曰：「若是守節既不能之，失於孝也，故聞命矣。其所以斬佐卒，降重城，莫於君也有忠乎？」予曰：「夫斬佐卒，降重城，蓋以其父已敗，勢已傾，不得已而爲矣。」

或曰：「苟守節之無是心，即不斬且降矣。乃其夙志不有其助父於逆，背君以叛，當父未死之前，雖欲行而被其所拘，未能也。既父之死，而遂成其志矣。」予曰：「若謂以父之所拘未能也，即可竄身，馳匹馬，歸朝廷，待罪于闕下，以明己之不從父于逆，用免其惡名也。是其見于父力不能制其亂，于君誠不敢失其節也。何其父敗已死，而謂夙有志而拘所不能行也？縱實有之，己亦何自辨其心哉？」

或曰：「然苟守節能若子之言，逃歸闕下，設父如此而復敗死於外，當有他人肯以斬其佐卒以重城降乎？苟非其守節，即不如是矣。」予曰：「夫作叛者，筠爲主矣。筠若不固其禍機，雖姦黨百萬，何能作乎？主既已亡，其下胡爲勇哉？一以失其勢，二以懼其死，三以畏他人之先，四以樂有利于己：有此四者，孰不降乎？何在獨守節而能哉？」

或曰：「夫守節之當是時也，甚幼耳，年始迨冠。成長於貴富之中，未能知其人事矣，非不能如子之言。」予曰：「若謂其幼而未能知人事，即何其見父之敗能來降乎？苟實幼而未能知人事，即亦不能有此也。蓋其賣君父以藏志，覩存亡以射利，萬代之姦賊也，甚其父之爲不道矣！」

或曰：「皇帝何赦之，反授以位乎？」予曰：「皇帝御民，賞罰各從其取捨也。於彼爲之，即不忠不孝也；於我取之，亦是其大過而少有功矣。」

或曰：「子若立朝廷，將奈守節何？」予曰：「吾若居禄位，立朝廷，雖皇帝以赦之，吾疏請以殺之，用謝其天下之忠臣孝子也。」

代王昭君謝漢帝疏

臣妾奉詔，出妻單于，衆謂臣妾有怨憤之心，是不知臣妾之意也。臣妾今因行，敢謝陛下以言，用明臣妾之心無怨憤也。

夫自古婦人，雖有賢異之材，奇俊之能，皆受制於男子之下，婦人抑挫至死，亦罔敢雪於心。況幽閉殿廷，備職禁苑，悲傷自負生平不意者哉？臣妾少奉明選，得列嬪御，雖年華代謝，芳時易失，未嘗敢尤怨於天人。縱絶幸於明主，虚老於深宫，臣妾知命之如是也。不期國家以戎虜未庭，干戈尚熾；胡馬南牧，聖君北憂；慮煩師征，用惜民力〔一〕；徵前帝之事，興和親之策；出臣妾於掖垣，妻匈奴於沙漠。斯乃國家深思遠謀，簡勞省費之大計也。臣妾安敢不行矣？況臣妾一婦人，不能違陛下之命也。

今所以謝陛下者，以安國家，定社稷，息兵戈，静邊戍，是大臣之事也。食陛下之重禄，居陛下之崇位者，曰相，宜爲陛下謀之；曰將，宜爲陛下伐之。今用臣妾以和于戎，朝廷息軫顧之憂，疆埸無侵漁之患，盡繫於臣妾也。是大臣之事，一旦之功移於臣妾之身矣。臣妾始以幽閉爲心，寵幸是望，今反有安國家，定社稷，息兵戎，静邊戍之名，垂於萬代，是臣妾何有于怨懥也〔二〕？

願陛下宫闈中復有如臣妾者，臣妾身死之後，用妻於單于，則國家安危之事，復何足慮於陛下之心乎？陛下以此安危繫於臣妾一婦人，臣妾敢無辭以謝陛下也？

〔一〕「惜」，《四部叢刊》本作「竭」。

〔二〕「臣」，原作「於」，《四部叢刊》本、光緒本作「臣」，是也，全文以「臣妾」代稱。今據改。

重修孔子廟垣疏　李淮拾遺請作

儒宫荒涼久矣！噫！天下太平，厥道斯用，會府之下，尊師者吾未見也。聖人禮法行于天地間，萬物賴之而相養。苟一日暫廢，則日月昏，陰陽錯，豈止臣賊其君，子賊其父也？

由吾道而進者，頂峩高冠，身曳大佩，享太牢而坐豐屋，王公大人貴是極矣。過吾先師之廟下，則忘而不顧，怠而不恭，至于圖像隕地，籩豆覆席。皆曰：「何害於吾也？」其有日齋嚴其容，月給費其産，崇夷狄之教，奉髠褐之徒，則未見稍怠于心，求福田利益也。苟釋氏能福于人，王公大人今日貴富，何不由夷狄之教以求之？福其身福其家者，在吾先師之道之教也。

我知其端矣：大者欲塞其責，小者將貪其利。塞責者，以其剥害黎元，黷亂道德，見釋氏有他惑之事，圖在屋壁，懼身死之後，罹其毒烈，故損家財贖其過矣。貪利者，以其命將夭而能壽，疾不豫而得瘳；居位則見遷，鬻貨而獲倍；謂能祇信，福在其中。以此而言，得其誠矣。王公大人尚若是也，矧其愚不肖蠢蠢者乎？斯風浸淫，天下從化，若洪水墊害，大禹未生，將何以救之也？

於乎！余入吾先師之宫，不覺涕下。用之者不知其力，反趨于異類乎？視其垣墉圮毁，階廡狼籍，痛心釋氏之門壯如王室，吾先師之宫也，反如是哉！聞斯言者，得不愧於心乎？將令責按舊圖，速修是陋。庶先達與後進輩，出金帛用資其費，況不迨釋氏之取萬分之一也。崇吾師之宫，以昭其德，吾先師享之，亦無忝矣。

柳開集卷四

潤州重修文宣王廟碑文

時稱聖人之德者，多比以天地，爲較量而言，蓋以其至大故也。天地之有形，横亘太虚中，計億萬里，不啻日月星辰，山川草木附而生之，賡億萬世，維固維存，是可爲其大矣。一旦或毁而不見，其大也何有焉？

先聖孔子，身長九尺六寸，壽年七十有三，恓恓爲旅人，爲陪臣。作《詩》、《書》、《大易》、《春秋》、《禮》、《樂》之書，取三才洎萬物，經而緯之，極其道者，不越於數言。身非天地之廣，壽非天地之永，殁而且久，終古益賴。以是而言，斯與天地比德而稱大也〔一〕。天地其無間然乎？天地尚如此，矧餘者可與孔子爲其等倫也？

歷代帝王能知之者，乃立像貌，建宫庭，以時祠祀。尊之甚者，則封之以王爵命，被之以王衮冕，自國都至州縣，廟學生徒，詔使如一。唐季失道，彊夫戾頑，割裂土田，競專制令。梁、周五代，弗克除削。我太祖始憤起斬伐，得十八年，下荆，取湖，降蜀，擒廣州，剋江南，政修官嚴，物完兵彊。聖天子今紹服神休，召吴、越、甌、閩，來走歸我。不四年，又盡平晋地。萬方六合，剗刷滌蕩，悉絶纖垢。

潤州在江南爲上郡，有孔子廟，當僭僞時，闕法式，莫肯崇葺之。兼以提卒荷戈，拔翦壖壘，日蹂蹋作，落然蕪穢，弗堪周視。繼涖長任輩，率懒偷剥，寧會少思？

太平興國五年冬，開自常州知軍州事授敕知此州〔二〕，吏盜貪羸，檢夷澄育。八年，政事簡，秋八月哉生明，撤舊創新，告遷其廟。自顔子及孟子已下門人大儒之像各塑繢，配享于座。厥功成，乃刻辭于石以紀之。文曰：

謂民無知〔三〕，斯實乃欺。廟成來觀，其樂怡怡。歎嗟興言，嚴師崇教。以齒以胄，我將子效。里門郊路，出入謹讓。晨趨夕息，歸所背向。不争不跱，安用刑克？移之四方，可則而康。日升于天，視察明分。霾蔀霄黑，其何爲德？伊誰謀之？曰開曰適。適位宫官，判州通職。右贊善大夫、通判軍州事張適同修此廟。率吏奔工，九旬力畢。仰瞻庶賢，群侍翼側。拜祭堂下，伏淚如雨。惟聖成身，豈同父母？罔識得生，肖類毛羽。冠衣廩俸，帝錫而用。言政行訓，從學道重。以報之恩，新此像宫。家興禮義〔四〕，若魯之風。當明天子，以文求士。誥詔八紘，寧弗如此？復古尊儒，去夷即雅。化行來格，皆爲達者。

〔一〕「比」，叢書堂本、《四部叢刊》本、周柯本、彭本、讀古樓本作「並」。
〔二〕「州」，原作「守」，據《四部叢刊》本、周柯本、讀古樓本改。
〔三〕「無」，原作「元」，四庫全書本、《四部叢刊》本、光緒本作「無」，今據改。
〔四〕「禮義」，四庫全書本、《四部叢刊》本作「禮儀」。

時鑑 并序

雍熙三年，宜州山夷攻其州，弗克。全之西鄙樂安里洞有粟氏固之，會其族南劫興安縣，敗入谿洞，連歲不寧。天子擇中貴臣二人，涖全、邵州以静之。明年春，粟氏來歸，魁狡皆奉吏州庭，乃刻《時鑑》一篇于石以誡之。

族盛卑邑，邦大下國。違道致殃，干命取亡。居夷鄰德，處險近賊。蜀難通軺，吴莫容舠。嘯萬群姦，摧壘倒關。象踣圍矣，蛟斃彀已。薑纖曷存，蟻微何奔？虎猛恃力，逼死罔逸。隼鷙誠捷，懷餌受緤。小人爲美，君子是恥。所失若塵，其治如鈞。寧之弗復，喪乃必覆。習禮可式，戢兵竟慝。怨懼興禍，貪慾生過。徇意成朋，怫心見憎。以畏卒潰，苟悦爰崒。謹政防亂，慎行避患。缺玉不補，積滓非污。來紆往亟，愚睽智暱。跡昭事著，利洽動裕〔一〕。平原廣野，馳車走馬；高浪深淵，有鮪有鱣。保爾攸宜，胥樂在時。刊文無窮，作誡永終。

〔一〕「洽」，原作「治」，四庫全書本、《四部叢刊》本、光緒本並作「洽」，今據改。

玄風洞銘

出桂州東，抵慶林觀背山下，有洞出風。淳化元年，開知州事，往避秋暑，因刻銘於洞傍。曰：

桂東叢峰，穴空通風。淒肌森襟，没骨侵心。瑩雪若潔，凝冰若冽。暑宇苦燠，周陬流毒。其何如斯？爲能去之。嶺山峩峩，嶺水湯湯。亘古綿今，氣炎土荒。物爽邇情，候乖朔節。夏雨多涼，秋旱多熱。春裘冬扇，朝順夕變。反倒無恒，天癘相仍。榛莽蟲豸，横亂患害。性類所專，造化莫遷。我來洞中，百慮時窮。翛然自釋，忘歸終日。勒銘巖石，用紀成極。

桂州延齡寺西峰僧㝏整新堂銘 并序

桂州西峰僧㝏整，淳化元年，不下山十二年矣。整之師洎祖師，悉如整。開與贊善大夫張溯，爲整作新堂以居之。有問「整之行何爲奇者」？對曰：「若時入陣戰賊，勇能進不顧死者，足爲善將矣，況如孫、吴乎？交朋間，視其友無欺者，足爲義士矣，況如管、鮑乎？爲政廉以平，足爲良吏矣，況如龔、黄乎？入朝事君直，能言必盡誠者，足爲賢臣矣，況如伊、周乎？父兄在，視其室無私者，足爲孝子矣，況如曾、顔乎？爲文理勝辭者，足爲大儒矣，況如荀、孟乎？」惟整焦然坐一室，足不踐山下寸地，況入豪貴污賤之門，嗃嗃如狗鼠諂竊哉！百善萬惡，心動即生，身遠自藏，幾滅半矣。方之外殊而内同者，止是整能潔其行，與之善將之下，商較其輕重，整亦足爲真僧矣。由湖、湘而南，問僧者，語整爲諸先。冬十二月堂成，開詔罷州任，得歸闕，留文堂下，爲整以銘之。

知生爲役兮，無息無利。畏同蹈遠兮，出求以異。復本逾元兮，尤耽其味。寧如不殊兮，益增乎累。整之專嚴兮，潔行世世。超然遐邁兮，時誰可洎？窮觀永古兮，何足有貴？萬類千變兮，終焉若是。包極六合兮，未充貪意。精明至止兮，深藏自閉。維堂斯皇兮，猶多餘地。群牲草樹兮，藤藤茂翠。環鄰俯覩兮，勝情與志〔一〕。祖源師派兮，成流善繼。于家于國兮，有慚名位。晝塵夜燭兮，昏囂若醉。城闉巖岫兮，疑晝相似。渾淪奔紛兮，孰思而議？跬步天違兮，海賒難既。吁嗟整之兮，離垢脱穢。我寧爾及兮，腸填滓滯。

〔一〕「志」，四庫全書本、《四部叢刊》本作「智」。

湘漓二水説

湘、漓二水，始一水也。出于海陽山，山在桂州興安縣舊名全義縣。東南九十里。西北流至縣東五里嶺上，始分南北，爲其二水：北爲湘水，南爲漓水。求其二水之名，于書于記，皆無所説。

淳化元年，開自全州移知桂州，乘船泝湘水而抵嶺下，復以漓水達于桂州，問其嶺之名，即分水嶺也。分水，是相離水也，二水異流也，謂其同出海陽，至此嶺分南北而離也。二水之名，疑昔人因其水分相離，而乃命之曰「湘水」也、「漓水」也。其北水所爲「湘」，南水所爲「漓」，將有以上下先後，而乃名之也。水陰屬，屬北方，北方爲水之主也。以其北流者歸主也，乃尊之以「相」字，加其名爲上焉。又疑爲以其北者入於華，南者出於夷，華貴於夷也，故以「相」字爲先焉。既二水以二字分名之，即北者爲上爲先，名「湘」也。即「離」者，必加南流者也，所以漓江是分水之南名也。因其水之分名爲「相」、「離」也，乃字傍從水，爲「湘」爲「漓」也。

凡爲字，皆命名者也。名者，强稱物者也。古之以萬物錯雜，懼難别識也，乃以名各記之矣。即物之名，有類，有假，有義，有因焉。斯二水之名，以其水分相離爲名，是取類也，是所假也，是從義也，是有因也。今書漓江爲「漓」字，疑其不當爲此「漓」字也，當以「離」字傍加水，作此「灕」字也。又字書古無此「灕」字，酌其理增，而今以爲字焉。亦由古之他字，皆以義以理撰物者以成字也，非與天地同生於自然耳，亦皆由於人者也。於今悉爲世所用矣。以斯而言之，即古之所爲者，未必即爲是；今之所作者，未必即爲不是耶。凡事亦無古無今焉，惟其爲當者是也。即「湘」、「漓」二江之名，孰曰非乎？若以其南方爲「离」〔一〕，流南方爲漓江也，即所説之義其疏矣。

〔一〕「离」，四庫全書本作「漓」。

來賢亭記

人之學，善文章，行事烈烈，代爲之稱者，雖前古而生，孰不欲願與之？知企慕，恨乎己之後時而出不及也。觀夫同世而偕立，竝能而齊名，則反有不相識相知者，亦有識而不知者。吾觀乎斯二者，經史子集之中，或絶言而不相談，或曾言而不相周，有之多矣。吾未嘗静坐思之不爲惜，是夫當時力不相及者乎？是夫當時義不相賓者乎？因而誨之，吾所以異是於世矣。

乃構此亭在東郊，厥有意乎，命曰「來賢」也？吾欲舉天下之人與吾同道者，悉相識而相知也。有能聞於吾者，吾欲信而來於是也。有未聞於吾者，吾欲知而來於是也。有先達於吾者，吾欲趨而來於是也。有後進於吾者，吾欲誘而來于是也。有務勝於吾者，吾欲讓而來於是也。有推退於吾者，吾欲尊而來於是也。大者吾將仰之〔二〕，小者吾將俯之，貴者吾將奉之，賤者吾將崇之。極吾心而盡於世，合吾道而比於時。

嗚呼！若曰「子將來賢之徒於人，人將來賢之名於子」者，吾又非斯志也。蓋欲夫是亭也，不獨如前言而已耳，亦將化今而警古矣。

〔一〕「仰」，原作「抑」，據《四部叢刊》本、周柯本、彭本改。

宋州龍興寺浴室院新修消災菩薩殿壁記

道隱師居是宫，作是殿，立是像。柳子以王事繫于斯，時任宋州録事參軍〔一〕，有轉運使和峴誣奏予盜庫金，被制降使劾之，以拘于寺中。見而問之。師謂柳子曰：「余聞在佛時，有大賢智施功若力，能消除世間一切災苦，故於今傳其道者未嘗廢。予嗣其法，見夫有形有類者，當罹於災禍間，症亦至矣。太虛中，天地或有災變，日月或有災蝕，邦家或有災難，人民或有災患，夷狄禽獸或有災癘，草木蟲魚或有災害，予欲如在佛時，皆使免焉。故以作是菩薩，願能消而除之。」予曰：「佛之力，師之心，果若是，是亦大矣。」紀其言，刊於石，以爲師作記。

〔一〕「宋」，原作「來」，據叢書堂本、《四部叢刊》本及本篇題目改。

柳開集卷五

上大名府王祐學士書〔一〕

開再拜：人之生，有幸與不幸也。幸者自知，而不幸者，謂人莫之知也，己亦莫之知也，蠢然徒若類而已矣。或出夷狄之中，生不識其禮義，死不知其喪祭，不幸也歟？或在中國，生不成人而夭，或聾或瞽，或瘖或痼，或狂或愚，皆疾之廢也，不幸也歟？或生當亂世，戰伐交興，相之以賊殺，拘之以俘虜；旦不安其游，夜不寧其居，不幸也歟？或生困於貧餓，隸人之驅役，受人之制限，賤若於犬馬，苟乎衣食者，不幸也歟？或生爲兵，習於弓矢之勞；生爲農，勤於耒耜之業；生爲工，力於刀斤之用；生爲賈，務於衡斛之任，唯乎自足者，不幸也歟？或生溺爲老、佛之徒，淫於誕妄之説；生處乎典吏之職〔二〕，掌於責罰之繁者，不幸也歟？是故君子篤道而育德，懷仁而合義，惡夫不幸者也。自古聖人賢士，無不惜乎此矣。生而幸者，少其人哉。

或曰：「子謂是不幸者，謂乎莫若己之，皆儒者爲幸也？」曰：「旨哉！吾子之問儒者也幸乎？幸乎不也己？人之不幸由乎天，身之不幸由乎己。己之者，甚乎天之者也。苟有外其貌而内其情，於儒何幸哉？言不忠，行不信；事君不能盡其節，與朋友不能交以義；父母在，不能奉其誠；居鄉黨，不能與仁者處；見善不能致而學以及之，聞利喜而趨，恥貧賤而棄，附勢而媚容者，雖于身爲儒，而曰幸乎？其君子觀之，不幸也歟！存爲識者之笑，没爲後人之辱，甚乎前之者也！」

開竊自念，幸而不生於夷狄之中，自五歲而讀書，以至於此，凡十九年矣。當時便誦執事之文章，與夫聖人之言，雜而記之，敢望今日親逢執事於是邦哉？苟或夭死而疾病，明天子不出而四海亂，墮於執御之中，廢先人之業，雜爲賤類，縱今逢執事於是邦也，何能進於執事之門哉？斯非其幸者歟？又開粗識古人之事，不敢違道以就其志，誑時以安其身。苟行戾而進於執事之門，亦負慚而自愧矣。開頗有自知其幸也〔三〕，敢請見焉。執事儻不罪而寬容之，成乎開之大幸矣。開再拜。

〔一〕「祜」，原作「祐」，《四部叢刊》本作「祜」，據改。按，王祜，字景叔，大名人。蓋慕羊祜（叔子）之爲人，而取此名與字也。

〔二〕「典」，原作「興」，據《四部叢刊》本、周柯本、彭本、讀古樓本改。

〔一〕「開」，原作「則」，四庫全書本、《四部叢刊》本、光緒本作「開」，今據改。

上王學士第二書

開再拜：先達者處乎上以待士，後進者居於下以求知。譬之登高山，立其梯焉，前者苟躋而絶其梯，則未躋者無由而來矣。前若思而自念，曰：「吾或未得躋於斯，梯忽時而絶，則吾雖趫然迅於猿，翩然利於鴻，則亦莫致是之登其上也。所以爲上者必資于下，爲下者必依於上。上苟不容其下，則上之功名無以大，禄位無以尊，獨行而無從〔二〕，獨唱而無和矣。下苟不從其上，則下之事業無以伸，力行無以施，自處而無朋，自緘而無開矣。如此，則不惟上下之相失，噫！將見其國亦不得於治，民亦不得於安也。國與民亡其治與安，則禮樂刑政無能措手足。

夏、商、周之世，常舉其士也，所以王道成而風俗平。秦、漢、魏、晋取士者，或亡或存，故不迨於三代也。夫士之賢愚混，不可不用擇其良者也。前代之衰亂者，非不取士也，取不以其賢者也。君宰相之下，立百辟庶尹，非獨奉其職而從于政，亦要知其士者，取而致於國也。

我國家四海今治者，蓋得職事者之在於位也〔二〕。執事之心，固常在於取士矣。當今取士之道，獨有禮部焉。每歲秋八月，士由鄉縣而舉於州郡，由州郡而貢於有司。有司試其藝能，擇其行義，得中者後進名於天子，始得爲仕也。然士之雖有賢能，由鄉縣而得聞於州郡者，由州郡而得聞乎有司者，萬少其一二矣。況其無賢與能，竊是虛器之人乎？況其不由鄉縣州郡而直得聞於執事乎？

執事之來也，榮矣父母之邦矣。臨其下也不以私，御其衆也不以黨，可與進而進之，不可者否。士咸謂執事于鄉里必多乎！開曰：「君子之心與天道，小人莫能知，執事豈以鄉里爲情哉？將以天下爲情，於民而與國矣。千里不足私也，數夫不足黨也，接其士者達於上下相由之道也。厚與不厚者，取於賢與愚之分異也。有之將以濟其道，亡之將以順其物，天可仰而不可升，君子可近而不可親。於士廣納而詳擇，備求而偏任，執事之所以待于下者也。」

開行修而人不譽，辭成而衆不解，塊然獨處，出無與交，亦將由乎鄉縣而舉州郡，豈敢遂望貢於有司乎？自度取捨不識向背，材於時而若無用，器於道而如有合，莫知其己之賢且愚也。幸逢執事之來，故有望於執事矣，是以三投刺而一奉書，先齋沐而後請見焉。執事果不罪而與之進退揖讓，俯仰周旋，使得盡其儀焉。執事之若此者，固無失也。蓋以接其士而欲求其賢，以致於國也。開之幸者，則過矣。何也？本將由鄉縣州郡而貢有司，苟得貢於有司，而敢遽望於有司之知乎？今者不由鄉縣州郡，而亟得拜見於執事，執事復加之褒揚之賜，開未知從何而便至於此也？宜何以報執事耳？姑進其言而謝焉。開再拜。

〔一〕「從」，原作「徒」，《四部叢刊》本作「從」，是也，與下文「和」相對成文。今據改。

〔二〕「職」，叢書堂本、《四部叢刊》本作「執」。

上王學士第三書

開再拜：謹投所業書、序、疏、箴、論一十七篇，納其後進進謁之禮，非爲文也。開始將見於執事之時，欲收拾所有，罄其鄙惡，士咸謂開傷於太古，不若擇其淺近者以獻之。開懼其失也，遂取舊所著文，寫以五通，暨乎得見於執事，執事賜之大恩，不罪狂愚，私心復悔，遽擬易之。又慮以疏其次第之儀，時日相懸，不可也。即俟於後，以別有聞。

夫生而知其道，天之性也；學而得其道，師之功也。江河流而不止，浩浩焉，鑿地而穿池，汲水以增之，力竭則涸而虛矣。內以豐於外，有餘也；外以資於內，不足也。天之性有餘乎？師之功不足乎？知之其上也，得之其次也。道也者，總名之謂也。衆人則教矣，賢人則舉矣，聖人則通矣。秉燭以居暗，見不逾於十步；捨而視於月之光，邇可分，遠不可窮；及乎日出之朝，宇宙之間無不洞然矣。衆人，燭也；賢人，月也；聖人，日也。指而授之，曰「諾」矣，命之南，昧其東西與北焉，衆人也。斯其爲原，曰「達於末」矣，賢人也。聖人則異於是，通能變，變能復；通之所以開，復之所以闔。開闔也者，經三才而極萬物也，運之於心而符於道矣。

善射者亡其器，則的雖存而莫能取於中。弓與矢，其射之器也歟？習必以良，調必以勁，則發而無失矣。聖人之於道也有是乎！其器存，則見其聖人也；其器亡，則雖聖而莫之識。仁義禮知信，道之器也。用之可以達天下，捨之不能濟其身。用不捨，惟聖人能之。仁者，心之親也；義者，事之制也；禮者，貌之體也；知者，神之至也；信者，誠之盡也。親則不離，制則有度，體則無亂，至則莫闕，盡則可得。故以之於己無不周，以之於物無不歸。張而廣之，所以見其時之情也。肆其寶，賈而售者必以大價市取，利不大則不授矣。聖人之於人，利之無大小，不價而咸授焉。仁義禮知信，寶也。來者與之，違者拒之，順於夷若華，背於父子兄弟，亦不能保其心。

故聖人通之以盡其奧，變之以極其妙，復之以全其道。賢人得之者幾，衆人得之者不達於一。執經而問焉，句分而字解，再三始別其義，考之終身，能窮諸篇也，有矣。尋其辭，求諸理，法而依行之，述而取用之，曰：「道若是，有矣；性非也，學焉。功之得也。」近于此者猶可言，遠于此者莫可數，學而不得者多乎多，故曰道少其人哉，成乎事業，散乎文章。未然也，於其不學者可也，於其衆人者可也。觀乎天，文章可見也；觀乎聖人，文章可見也。天之文章，有其神，非則變，是則晷；聖人之文章，有其神，從則興，棄則亡。天之文章，日月星辰也；聖人之文章，《詩》、《書》、《禮》、《樂》也。天之性者，生即合其道，不在乎學焉。學爲存也，欲世存諸矣。《孟子》十四篇，軻之書也；揚子《太玄》、《法言》，雄之書也；王氏《玄經》，通之書也。焉學能至哉？韓氏有其文，次乎下也。非其生而知之，則從于俗矣，寧有於斯乎？能志乎此者，雖未達焉，然異於時矣。

仁義禮知信，可行也。北轅而適燕，不迷其往矣；端冕而處者，不亂其威儀矣。代言文章者，華而不實，取其刻削爲工，聲律爲能。刻削傷於朴，聲律薄于德，無朴與德于仁義禮知信也何？其故在於幼之學焉，無其天之性也，自不足於道也。

以用而補之，苟悦其耳目之翫，君子不由矣。君子之翫，視必正，聽必正。文哉！文哉！不可苟也已！如可苟也已，則《詩》《書》不删去其僞者也。大達必小遺，小達必大忘，似有在乎天之性與師之功者焉。小遺不棄于學，大忘不可得於道。文章爲道之筌也，筌可妄作乎？筌之不良，獲斯失矣。女惡容之厚於德，不惡德之厚於容也；文惡辭之華於理，不惡理之華於辭也。理華於辭，則有可觀，世如本用之，則審是而已耳。

或曰：「小子有志哉！言也無傷於衆，害於異乎？」曰：「登於執事之門，如不極其談，則有濫於進矣，與常常者何異之乎？」開再拜。

上王學士第四書

開再拜：文籍之生，於今久也矣。天下有道，則用而爲常法，無道則存而爲具物〔一〕，與時偕者也。夫所以觀其德也，亦所以觀其政也。隨其代而有焉，非止於古而絶於今矣。

文不可遽爲也。由乎心智而出於口，君子之言也度，小人之言也翫，號令於民者，其文矣哉，心正則正矣，心亂則亂矣。發于内而主於外，其心之謂也；形於外而體於内，其文之謂也。心與文，一者也。君子用己心以通彼心，合則附之，離則誘之，咸然使至於善矣。故六經之用於時，若是也。

或曰：「今之文，咸異於子之言，統其事而無不幹者，亦何經哉？」曰：「幾於苟矣。

於身適其取舍之便，於物略其緩急之宜，非製乎久者也。」曰：「亦自於心矣，惡不可久乎？」曰：「裁度以用之，構累以成之，役其心求於外，非由於心以出於內也。」曰：「雜乎經史百家之言，苦學而積用，不有其功且大乎？」曰：「如是小矣！君子之文簡而深，淳而精，若欲用其經史百家之言，則雜也。始於心而爲若虛，終於文而成乃實，習乎古者也；始於心而爲若實，終於文而成乃虛，習乎今者也。習古所以行今，求虛所以用實，能者知之矣。不能者反是，猶乎假彼之物，執爲己有，可乎？重之以華飾爲僞者，于德何良哉？」

曰：「世如不好於習古，子又何爲言古乎？」曰：「世非不好也，未有其能者也。人好其所能也，不好其所不能也。世之習於今，有能者尚皆好之矣，設有能於古者，有不好者哉？」曰：「若是能之，其倫於經乎？」曰：「不可倫於經，倫則亂也。下而輔之，張其道也。」曰：「子之文，何謂也？」「有志於古，未達矣。」

某不度鄙陋，近獻舊文五通：書以喻其道也，序以列其志也，疏以刺其事也，箴以約其行也，論以陳其義也。言疏而理簡，氣質而體卑。用於時，不足爲有道之資；納於人，不足爲君子之觀。妄而貢於執事者，自知其過大矣。執事苟不擯斥而時得容進於門，而今而後，益知其幸也。開再拜。

〔一〕「具」，原作「真」，四庫全書本、《四部叢刊》本作「具」，是也。「具物」者，祭品也，猶如老子之「芻狗」。

與張員外書

自古國以民爲本。臨民者，官也。官設其品，任其大小者也。今之君宰相之下，府尹、州牧、縣令，皆臨民者也，大抵不及於縣令之親於民也。府尹、州牧，持其紀綱而已，非所以知民之善惡者也。府總其州，州總其縣，縣之政總於其令。令能養其民，則一邑之内，公與私無所違；令不能養其民，則一邑之内，公與私俱亂，不得其安，雖無兵革饑饉之災，民稼不完，民業不經矣。在國家擇其人而授之矣。位不尊於府尹、州牧，其任則府尹、州牧，闕其令之政焉。

嗚呼！近世凡事多喪其道，與前代不同，不知爲政之道也。政繫於民，則由於縣令休息之也，政以仁義忠信爲宗〔一〕。今之見言仁義忠信者，反謂爲時不識其變者也。如此而欲天下國家治者，難也。政愈急而亂愈多，法益峻而犯益衆矣。

且夫政須學而後知矣，不學則不能得其道也。不得其道也，則事多撓於性，莫知其制度之所節也。過之慮其太甚，不及慮其有失。如是，大者不能輕以取之，小者不能重以捨之，欲政無敗者，不可得也。是以冒其任而居之者，民興於訕訟，身陷於刑辟，歷歷有之，亦理宜也。

昔聖人著六經，在其政也。垂於萬世，將使後人學其道，而用於民焉，非所謂空言者也。人之不爲兵農工賈之徒，生而讀書誦習，有所成立，由有司而得爲仕也。惟相借以聲譽，相導以階級，所知者但苟名而竊位焉，咸不考其爲學之本也。學者豈爲名位以設其道也？爲政以立其教也。古之爲學，于名位故有所闕，學有所成，而後試於政焉。可即進，不可即黜退之。於今皆不類於此，所以罕得其良吏也。足下亦所盡見之矣。

近者獲得拜見，聽足下所論之辭，見其爲政之道焉，正合古人之所常佩者也。上於國而從其公，下於民而順其私；不畏威以曲其誠，不凌弱以幹其事；平慧而存其危，緩法而革其姦。故足下五十年間治民事，官有善善之名，朝廷謂之爲良縣令，天下一人而已。蓋足下得其道者也。非從學而少習之，依於聖人之《詩》《書》《禮》《樂》《大易》《春秋》之旨，何能及之哉？真君子者也。

今之爲縣令者，皆異於足下，一以闕其學，二以失其道，故不得其理焉。予每念朝廷如足下者，或老耄昏廢，不勝大寄，即宜處以顯高之地，率爲仕者令問而師之，學其臨民之術，詢訪論議，成就其業，使得致於政也。而後求其無良者，日漸少焉。苟有僥倖之徒，懷兇而飾僞，好利而貪榮，莫能容措於内矣。如是而官不清而民不康者，無也。國家欲速其治平之道，臨民而能善者，繫其人也。茲爲原乎！

足下觀之是言也，小子於政何如也？

〔一〕「政」，原作「故」，四庫全書本、《四部叢刊》本作「政」，今據改。

與范員外書

孟春晦日，東郊柳子言於范侯，曰：「世之學者，取於今而不取於古，其名問雖顯，而事業不著；世之仕者，專於身而不專於道，故其禄位雖尊，而德義不彰。取於今者，是謂趨於時者也；專於身者，是謂好於利者也。

學者以名問爲華而事業爲實。苟能于華，而不能于實，曰妄于學也，學之下者也，聖人恥之，予亦恥之；苟能於華，而兼能於實，曰通於學也，學之中者也，聖人可之，予亦可之；苟能於實，而不能於華，曰達於學也，學之上者也，聖人多之，予亦多之。仕者以禄位爲輕，而德義爲重。苟愛於輕，不愛於重，曰濫於仕也，仕之下者也，聖人惡之，閣下亦惡之；苟愛於輕，而兼愛於重，曰守於仕也，仕之中者也，聖人容之，閣下亦容之；苟愛於重，而不愛於輕，曰强於仕也，仕之上者也，聖人貴之，閣下亦貴之。

故予多其達於學也，爲文常務于教；故閣下貴其强於仕也，爲政常務於治。教以仁義爲先，治以忠信爲本。先者，仁以存其誠，義以制其體，務在於其教也。則予不能趨於時，果名問不顯而事業著矣。本者，忠以事其上，信以臨其下，務在於其理也。則閣下不能好于利，果禄位不尊而德義彰矣。

能趨于時，能好於利者，未有取於古而專於道也，是曰小人之徒與；能取於古，能專於道者，未有趨於時而好於利也，是曰君子之徒與。小人不能及君子之事，故其名問顯而不永，禄位尊而不固；君子不足取小人之任〔一〕，故其事業著而益光，德義彰而愈明。今之學者取小人而棄君子，則予常反於是，是以予也不得不窮爲一旅人；今之仕者亦取小人而棄君子，則閣下亦常反於是，是以閣下不得不阨于一外郎。

予所窮之於身也，何足爲窮乎？若窮之於文也，則是爲窮也。閣下所阨之於位也，何足爲阨乎？若阨之於政也，則是爲阨也。況今君天下者曰聖，宰天下者曰賢，又將見予之身不窮矣，閣下之位不阨矣。

予觀閣下之爲政也，盡得其專於道而務於治也，不足復言之耳。閣下觀予之爲文也，未盡得其古而務於教也。則謹以碑、銘、箴、疏、論等雜共一十五篇，獻于左右間，冀閣下知斯言之不佞也。惟予愚不肖〔三〕，與閣下望其等倫，則有懸於貴賤矣。開再拜。

〔二〕「任」，原作「仕」，四庫全書本、《四部叢刊》本作「任」，與上文之「事」相對成文，是也，今據改。

〔三〕「予」，四庫全書本、《四部叢刊》本作「於」，光緒本作「于」。

答梁拾遺改名書　周翰，開寶壬申年。

四月十五日，鄉貢進士柳開再拜：

始其愚之名肩愈也，甚幼耳。其所以志之于文也，有由而來矣。年十六七時，得趙先生言，指以韓文，遂酷而學之，其事實具在《野史·趙先生傳》中。故慕其古，而乃名肩矣。復以紹先字之，以其韓、柳偕名于唐時，欲紹其子厚也。謂將紹其祖而肩其賢也。愚之所自著《東郊野夫傳》者，于論言之備矣。其《傳》論曰：「東郊野夫，謂其肩，斯樂古道也；謂其紹，斯尚祖德也。」亦所以見小人之所爲盡於是矣。邇自庚午歲，《野史》既絕筆，凡九十三篇，總三十卷。于東郊取諸經亡篇補之，後自賡其號曰補亡先生也。

去秋八月已來，遂有仕進之心以干於世，故得今以所著文投知於門下，實爲之舉進士矣。竊冀于公者，公以言謦之，公以力振之，同於常輩而是念矣。不謂公厚待，曰「賢過於韓吏部」，賜書責其不至，曰：「若肩於韓而爲名，非所然也。」以至指摘韓氏之疵，恐累於小人之尚，信公於古無與儔者耳，小人謹聞命矣。然若韓氏之録《順宗》、紀《淮西》、諫《佛骨》、碑《羅池》，其文在於今，其事顯於古，是非豈能曲于蔽與誣者乎？

凡聖賢之度量，大同也。唐之時，亦謂韓爲軻、雄之徒也，于今亦咸云若是也。又其言文之最者，曰元、韓、柳、陸也，是韓亦有道耳。李讓夷撰録于韓氏，近又以傳之者，皆指斥此數事。若方之於公，即俱不足道也。昔先師夫子，聖人也，爲獨立於古今矣。馬遷氏紀《老聃傳》，即有他辭以劣於先師也。是亦其復有大於聖人者也，矧其餘爲賢者哉？公之以韓氏未足爲可賢也，蓋公之大於韓氏矣，亦若李聃之與先師夫子也。不其公見之者異於人哉？得不貴之乎？若教小人之更其所慕也，即小人本在漸而不在於久矣。

幼之時所以名者，在于好尚韓之文，故欲肩矣。今長而成〔一〕，所以志者，在乎執用先師之道也，故亦將有所易矣。是以《補亡先生傳》曰：「補亡先生，舊號東郊野夫者也。既著《野史》，後復探六經之旨，已而有包括揚、孟之志，樂與文中子王仲淹齊其述作，遂易名曰開，字仲塗。其意將謂開古聖賢之道于時也；將開今人之耳目，使聰且明也；必欲開之爲其塗矣，使古今由于吾也。故以仲塗字之，表其德焉〔二〕。」斯亦小人之志，不執其名於肩韓氏矣。

《傳》又云：「或曰：『子前之名其休美者也，或者發難之辭謂其肩愈紹先也。何復易之？不若無所改矣。』先生曰：『名以識其身，夫人之立名，以欲世識別其於衆矣。義以志其事，名之所出必以義，而在其己之事矣。從于義而吾惡夫畫者也。吾既肩且紹矣，斯可已也〔三〕。所以吾進其力于道，而遷其名於己耳，庶幾吾欲達於孔子者也。』」斯亦小人之志，又周于此矣。小人雜著文中，又有《易名解》，以解其名肩愈而將易曰開也。公以是觀之，小人果何如也？夙昔之心，正符公今之言也。

公謂小人之文，窺六經之奥，正百家之失；廓堯、舜之王塗，張周、孔之至治；管、晏之儔，霸者之佐，未稱其小人之所包括也。即倘小人苟實有是，豈果在未名於天朝乎？復白疑之〔四〕，真有耶？無耶？望公細而閱之，亦前所貢于公之文中有傳〔五〕，句絶。名斯在矣。敢承誨命，遽定曰開。

旅館囂然，文思不生，言無所常道者。急于報謝，勿怪之可也。開再拜。

〔一〕叢書堂本、《四部叢刊》本「今」上並有「逮」。

〔二〕「焉」，原作「也」，《補亡先生傳》原文作「焉」，又《四部叢刊》本、四庫全書本亦作「焉」，據改。

〔三〕「已」下原衍一「已」字，據卷二《補亡先生傳》删。

〔四〕「白」，疑應爲「自」，各本皆作「白」，姑存之。

〔五〕「亦」，原作「六」，四庫全書本、《四部叢刊》本作「亦」，據改。

柳開集卷六

答陳昭華書

辱足下之知，過聽我於言譽，自念無所可有報其云而答其訪論詢議者也。足下思於道者可也，其取於我者，即未敢的然當而受也。然不可虚費足下之辭，絶無其説，使辜足下之望也。

或問：「如何人？」曰：「學，爲人也。不學，雖形貌衣冠若人也，不曰人也。夷狄蠻貊，居於四方之外，天地日月星辰、山川草木風氣無殊焉，不知學，所以夷狄蠻貊也。學以漸之，漸即進，止即退。揚苗生而離離，然秋乃實，漸者也。游遠方者，始出於庭户，久而至之矣。」

曰：「將學，孰從焉？」曰：「從於師，成於友。師者，傳之者也，不師則無以正。琢玉者必求其工，工能精，器乃成。學，玉也；師，工也。師之不工，則玉毁而器不成。旨哉！

七十子之學也，得其師師焉，就其工者也。濟大海，資於巨航乃不溺；學大道，得其君子乃不亂。君子之人乎！」

曰：「安見其君子而得學其大道也？」曰：「存則從其人，亡則從其書。書者，君子之積者也，完者也。人亡而行存矣，存則由之，悟則知之，達則揮之。士耕而可以稼，書習而可以藝。稼乃植，藝乃立。力勤則穫之倍，心勤則通之奧。利其斤而伐木，木斬而斤愈利，蓋金固剋其木也，心固生其行也。己行修，則知其君子之行也。行也者，君子之先也。無其行，則無其君子也。君子行在諸身，用在諸人，能得諸人與身一也。行全而原於道，道者，君子行之本也。德以則之，義以宜之，仁以伸之，禮以致之，道所謂正者也。」

曰：「觀書而欲其道之正者，何取焉？」曰：「取於經之正焉。道不夷，故可取，終身不能盡其理。大乎，聖人之經也！數其五。」曰：「百子皆書也，何獨經？」曰：「百子，鳥獸也；經，其龍也。鳥獸潛伏其林藪，群生其性命，或毒焉，或鷙焉。龍翔乎天，變化其神哉，霈甘澤，利下土〔二〕，春夏無之則萬物槁，陰陽是賴之者也。觀宇宙，則知其域中之大矣。誦其經，則知其百子之説亂矣。老佛之徒起於夷，夷謂極於教也。至於中國，則莫及其父子君臣之道焉。夷不知其經也，知其經，則老佛之教何有於夷哉？百子，老佛之流。老佛之説能惑，故小人奉之。百子亂，老佛惑，聖人世不容。霜降而蕭萎死，松柏茂焉。

聖人用而百子散，老佛斃，經明焉。駕而馳者，不出於康逵，則覆而顛於險矣，莫能通諸夏也。」

曰：「子之學，何爲也？」曰：「吾學於經也。」曰：「經在得其誰人焉？」曰：「得其孔子者也。」曰：「孔子者，子盡得之乎？」曰：「不可盡得也，得其餘者也。飲河之水，盈腹而已耳；負冬之陽，面身而已耳。」曰：「得之於言乎？於行乎？」曰：「行不言則質，言不行則詐。與其詐也寧質，孰與其質也寧詐？服其行，用其言，言行相備者也，可稱矣。」

始者吾不敢期人之知，將欲視其可否者，自納於聖人之道焉，亦不敢謂遽然至於此也。本在學爲文章，望乎述作者之畛域，脱離浮靡，冀其一二之大者焉。及出交其人，得其數君之贈，褒愛甚厚，克謂若孟軻、揚雄、韓愈之流，安敢冀于斯言哉？每抱惕懼，罪責其生。且聖人之道，其泯昧也久矣，孤而復危，豈足勝其楊、墨、釋、老衆之爲害哉〔二〕？孟軻、韓愈，尚不能各排闢其二者，況我之能能總其二君之力乎？徒祇見其不自度量之過也。

足下示書，又若數君之言〔三〕，使我將何處也？不可不爲足下以言之矣。慮其尤數君與足下妄稱于我者，則試使觀其道焉。

〔一〕「土」，原作「民」，據叢書堂本、《四部叢刊》本改。

〔二〕原「之」下衍「人」字，四庫全書本、《四部叢刊》本無「人」字，據删。

〔三〕「數」，原作「教」，據叢書堂本、彭本、讀古樓本改。

答臧丙第一書

吾子遺我之書，辭意皆是也。然我謙謙不致退讓於吾子者，以我之所守非己之私者也，乃先聖人之所公傳者也。故我得直其誠，而不謝於吾子耳。

吾子言既止於古，心亦止於古矣。止於古者，是爲公也。得其公，而豈以私責于我乎？乃觀吾子之書而達吾子之意，使我昭然弗惑于中也，誠爲君子哉！吾子能得此道而行，則寸而日進之，安而時馳之，將見吾子望我之門而入矣。入我之門，則及乎聖人之堂奧，窺乎聖人之室家，是謂吾子達者也。達於此者，固爲難矣，吾子勤而慎重之。我之今日能至於是者，始由吾子之道而來。吾子能如是也，我得以一一而言之耳。

嗚呼！聖人之道，傳之以有時矣。三代已前，我得而知之；三代已後，我得而言之，在乎堯、舜、禹、湯、文、武、周公也。執而行之，用化天下，固吾子與我皆知之耳，不足復煩于辭也。

昔先師夫子，大聖人也，過於堯、舜、文、武、周公輩。周之德既衰，古之道將絕，天之至仁也，愛其民不堪弊，廢禮亂樂，如禽獸何？生吾先師出於下也。付其德而不付其位，亦天之意，厥有由乎？付其德者，以廣流萬世；不付其位也，忌拘於一時。堯、舜、禹、湯、文、武、周公，皆得其位者也，功德雖被于當時，至於今則有闕焉，是謂以政行之者，不遠矣。先師夫子，獨有其德也，不任於當時之政，功德被乎今日之民，是謂以書存之者，能久矣。先師夫子之書，吾子皆常得而觀之耳。

厥後浸微，楊、墨交亂，聖人之道復將墜矣。天之至仁也，婉而必順，不可再生其人若先師夫子耳。將使後人知其德有尊卑，道有次序，故孟軻氏出而佐之，辭而闢之，聖人之道復存焉。孟軻氏之書，吾子又常得而觀之耳。

孟軻氏没，聖人之道火於秦，黄老於漢。天知其是也，再生揚雄氏以正之，聖人之道復明焉。揚雄氏之書，吾子又常得而觀之耳。

揚雄氏没，佛于魏、隋之間譌亂紛紛，用相爲教。上扇其風，以流於下；下承其化，以毒於上；上下相蔽，民若夷狄。聖人之道隕然告逝，無能持之者。天憤其烈，正不勝邪，重生王通氏以明之，而不耀於天下也。出百餘年，俾韓愈氏驟登其區，廣開以辭，聖人之道復大於唐焉。王通氏之書，吾子又常得而觀之耳；韓愈氏之書，吾子亦常得而觀之耳。夫數子之書，皆明先師夫子之道者也。豈徒虚言哉？

自韓愈氏没，無人焉。今我之所以成章者，亦將紹復先師夫子之道也。未知天使我之出耶？是我竊其器以居耶？若竊其器以居，則我何德而及於是者哉？吾子之言，良謂我得聖人之道也。則往之數子者，皆可及之耳。求將及之，則我忍從今之述作者乎？今之述作者，不足以覿乎聖人之道也。故我之書，吾子亦常得而觀之耳。吾子能以此期於我，我豈敢輕言報之哉？

答臧丙第二書

吾子再遺於我之書，觀之堪三復而嘆。嗚呼！聖人之道果在於我矣！吾自梁復魏，從我者三人而已。請其教而尊於我，則往之數子依吾門而是居，未若吾子之好我也。屈己之道，勝己之辭，推而廣之，使我誠之，非其賢而有文，義而有勇，則焉足以言徵之哉？增之以既高，補之以不足，雖古人亦難于是。吾子之言，誠爲多也。

獨能于古者，則吾子取之於六經。六經之辯，其文兼，其政遂；其用簡於人，其功扶於時。吾子得之，而不爲己之善，取而讓于人。讓不在人，必在於道。吾子之言於我也，果在於道矣。讓其辭而取其道，我足以勝其吾子之取乎？吾子取之於六經，誠是也。辭之於我，誠將報其可而已矣。文取於古，則實而有華；文取於今，則華而無實。實有其華，則曰經緯人之文也，政在其中矣；華無其實，則非經緯人之文也，政亡其中矣。政亡其中，則理世不足以觀之也。六經之文，各有其政，得而行之者鮮矣，未有不得而行之者也。吾之於文，得而行之也，有時矣。

吾子今取於我也，非不知吾之得也，將責吾實之可行也、不可行也。故知吾子之好我也，在于道哉。吾自得於吾子，道彌光矣。文之冀於古，我心之久于是，捨其辭而不足復其説也。吾子言曰：「子慎而重之，使我尊於古也；敬而修之，使我專於道也；勤而行之，使我力於教也；謙而守之，使我僡於德也；巽而言之，使我危于辭也。矜伐于今之文，則世爲我之罪人；矜伐於古之道，則我爲世之化主。」之言也，謗取於小人，不取於君子。若取於君子者，則吾子之言也，不得謂我爲古矣。

吾子遺我之書蒸蒸焉，如言之不能及，蓋憂於道也。世何得於斯人哉？我何得于斯言哉？嗚呼！我不復憂其文之困於時也。將困於時，則我有吾子名矣。若吾子不在於此，則我文之與道也，豈能昭明於先師夫子乎？

吾是告於吾子，子不憚言之數也，時有聞於我，則道有幸矣，豈獨我身之是爲利也哉？

答臧丙第三書

孰謂吾子不仁？吾不信也。順於言而强於道，全於力而公於人。尊我之誠，能盡於此，誠之尊我。若是也則三有其説：始言於予曰：「子達于古文矣，升諸聖人之堂，將入乎室也。」再言於予曰：「子之文克肖於古聖人之文也，無以矜伐取謗，則與先師夫子之文並而顯之，亦不廢矣。」又言於予曰：「子爲宋之夫子矣。」如是也數，斯深矣，言也。小漸於大，是曰其順言也；義止於古，是曰其强道也；晦用於明，是曰其全力也；誠推于賢，是曰其公人也。如謂吾子之不仁，是吾不信也。

予不材德，無盡在於此。苟虚其己而授其言，則使二三子鳴其鼓而攻於我，我豈能遠其二三子也？若其吾子之言有可疑也，則我將復之而已。我之言曰：「聖人之道果在於我矣。」吾子惑之，曰：「聖人之道，其果在乎？其果不在乎？」夫聖人之道，其果不在於我也，則我之述作也，何不取於今而反取於古也？專于政理之文，是我獨得於世而行之。聖人之道不謀於己，曲乎其志，從乎其衆，是能及此，得不謂果在於我矣？

又若：「夫有學聖人之道者，孰曰聖人之道不在於我也？」曰果在於我也。夫聖人之道，學而知之者，不得謂之爲果也；生而知之者，即得謂之爲果也。學而知之者，皆從於師以得之也，得之不能備耳。我之所得，不從於師，不自於學，生而好古，長而勤道。況今之人，溺於華侈，奔於勢利；能求於身，能忘於道。我若從其師以學之，則隨而亦化之矣。若學之曰果也，似有薄於道哉。今之學者，依於聖人之道，罕能周而達焉。若學之不在聖人之道，則不謂之爲學也。能學於古聖人之道，則是聖人之道在於今之學者之道也。我不自於學而得之，是言曰果也。故我之自言得於聖人之道也，不曰從學而來也。我若學而得之，不自曰果也。

又若：「孔子者，周之大聖人也。生不自知爲聖人也。」夫孔子非不自知爲大聖人也，若不自知爲大聖人也，則又何言曰：「文王既殁，文不在兹乎？」「鳳鳥不至，河不出圖，吾已矣夫！」孔子豈以自知爲聖人也，即與當時之人，争一國之位，苟存乎養而已。教非不治於世也，當諸侯用伯，明德弗宣，是見阨于衰季也。天苟與其時，孔子豈止位及於一國乎？教治一世乎？將使堯舜之垂衣裳也，若其執御耳。

夫刪《詩》、《書》，定《禮》、《樂》，贊《易》道，修《春秋》，孔子知其道之不行也，故存其教之在其中，乃聖人之事業也。後之學者，著一文，撰一書，皆失其正，務尚於辭，未能知其聖人述作之意。又安可出於《詩》《書》《禮》《樂》《大易》《春秋》之外歟？用其文而行其教也，固然也矣。聖人之道，豈以復能刪定贊修于《詩》《書》《禮》《樂》《大易》《春秋》，即曰果在於我也？但思行其教而已。

其爲教也，曰道德仁義、禮樂刑政。得其時，則執而行之，化於天下；不得其時，則務在昭明於聖人之德音，興存其書，使不隕墜。何必刪定贊修乎？况經聖人之手者，文無不備矣。文苟不備，則不得爲世之法也，何足爲聖人乎？夫我言「聖人之道果在於我」也，即不在刪定贊修也，在於此也。

吾子言及於是也，亦失於辭之執耳。若吾子以我爲宋之夫子也，亦在此矣。天下之知我能如此也，亦若吾子之謂我矣。又何誣於子也？誣於天下也？况聖人之道，不可誣於人也。苟可誣於人也，則三尺童子，坐於儒宫，端弁以處，帥其民以師事之，曰：「聖人之道，在於斯人也。」如是誣之，可信耶？不可信耶？

孟軻得聖人之道，豈在復能刪定贊修於六經也？揚雄得聖人之道，豈在復能刪定贊修於六經也？韓愈得聖人之道，豈在復能刪定贊修于六經也？聖人之道，孔子刪定贊修之，天生德於孔子，不可偕也。孟與揚、韓，或厥緒告微，或厥文告晦，則持而明之，開而闢之，從於孔子之後，各率其辭，各成其書，以佐於六經，是曰得聖人之道也。得之也，三子不在於學，况聖人之道，不可學也。得之者，是曰果也。我竊自比於三子之行事言之〔一〕，爲聖人之道果在於我也，亦不爲過矣，亦不在於删定贊修矣。

又若：「讓六經於仁人，不讓於不仁。」吾子之言，誠是也。我雖巧飾其辭，而能拒之哉？吾子能讓于我，雖非其至仁，亦無辱其吾子之讓也。讓之者不易，納之者亦難。讓失于讓，則爲不知人；納失於納，則爲不度己。能知於人，能度於己，是曰君子也，是曰智者也。吾子讓之於我，不失也；我納之於吾子，亦不失也。

又若「矜伐而取謗」，則敬授命矣，敢不承教？然其間有疑者，辭何已哉？若謗之取也，無擇於君子小人。則君子之與小人，道是同也。又何辯其等倫哉？若君子觀我之文，謗將何取？若小人觀我之文，謂我矜伐於今之人，是將興謗也。則我本非以文矜伐於今之人也，將以文矜伐於古之道也。矜伐於古之道也，則務將教化於民，君子誠之，小人歸之。則謗之爲漸也，何由而起哉？若以文矜伐於今之人也，則不在於古之文也，在於今之所尚者之文也。輕淫侈靡，張皇虚詐，苟從時欲，求順己利，是可取謗於人也。況我之文，不在於此，無求利，無從欲，則小人觀之，何得謂我矜伐於今之人哉？謗不可因而生也。若其君子之與小人俱不可取也，固爲然耳。復何談哉？

若以堯舜之理，則君子之與小人俱被其德，不能興謗，則謗從何而來矣？桀紂之代，則君子之與小人俱蒙其惡，是能興謗，則謗有自而作矣。夫被堯舜之德也，先君子而後小人。若獨有于君子，而無小人，則不謂之爲全德也，何足爲興乎？蒙桀紂之惡也，亦先君子而後小人，若獨有於君子，而無於小人，則不得謂之爲全惡也，何足爲亡乎？君子既被其德，況於小人乎？君子既蒙其惡，亦況于小人乎？

若以我文之比於君天下者，則有間然矣。夫君天下者，善惡責于當世，存亡繫於一時。唯文之興道〔二〕，觀其時而行之，觀其時而藏之：時之能行即見用當世，時之不行即將貽後代。則又安得與其堯、舜、桀、紂較其等倫哉？孔子之於周也，未聞當其時而能用之，見阨於世，見毁於人，吾子固亦知耳。若其畏君子抝而小人衆也，則是君子之道窮而小人之道勝也。如此，則君子之不及小人也明矣，況萬無此。豈君子不能成其譽，而小人獨能濟其謗哉〔三〕？若苟有是，則君子反爲小人之末耳。

我之言曰「謗取于小人」者，蓋謂時不能之也；「不取乎君子」者，謂知其道之有其屈伸也。矧我之能無其可謗於小人哉？時如不能行之，即不在於天下小人之謗，亦不行矣；時如能行之，亦不在二三君子之譽，亦爲行矣。君子亦不能譽，小人亦不能謗，用與捨，屬諸時；譽與謗，屬諸命，聖人之達節也。

吾子忠告于我，慮於謗，憂於道，我固前言授之耳。亦不敢飾虚辭以拒其教也。若吾子緘其口而默其言，又何輕棄於聖人之道哉？辭之可復，我故以答。將謂免謗而取謗也〔四〕，則深爲失耳。我苟不知吾子之道賢於是也，則謂勉而取謗也，我實小人也。我之前書，吾子再宜思之，思之。如有可復，將俟於後命耳。

吾子之戒於我，我豈忍違其命也？重以辭報，義勿能止。非吾子廣德淵深，則不足如是也。前之所謂三有其説於我也，敬從其言而慎愛之。

於乎！終日論道，非不專專於力也。是非得失，能取於其間者，而今而後，益有望於吾子矣。不敢虚也，不敢誣也。

〔一〕「比」，原作「此」，四庫全書本、《四部叢刊》本、光緒本作「比」，是也，今據改。

〔二〕「興」，叢書堂本、《四部叢刊》本、周柯本作「與」。

〔三〕「濟」，叢書堂本、《四部叢刊》本、周柯本作「流」。

〔四〕「免」，原作「勉」，四庫全書本作「免」，據改。

代長兄閔上王舍人書

月日姓名，上書執事：

某性識鈍劣，惟通經屬義而已，然於時事，萬亦識其一焉，故知執事乃文章之主也。

後進於儒者，困是道而不能興，苟得進於左右間，若哀憐而顧愍之，則何復患乎久而窮矣？某益念于此，晨夜勿廢，非以文也，是難干於執事者耳。某又不曉於文章，誠將進而莫能進也。欲求人而假手之，則有聞於執事者，不可外私於人也。以此經時涉日，展轉未就。遂以報於小弟，使叙其志，致於文。

小弟拒而復不可，曰：「兄少乎哉！欲進於執事者，卜恩焉。非藝專而學至，材豐而智深，則孰敢望其門牆而前矣？且執事者之有文章也，横天地，冠古今，非司馬相如、揚雄之徒，則罔能出其下。自以是薄惡，而何堪寫之爲辭以干乎？如此，將乞憐而反得責矣，不若直其事而質其言，告于執事曰：

『某年十三時，父命授《尚書》於膠東胡生，日誦千百言，兼通大義。後二年，又授《大易》焉。其業之習也，若始之於《書》，雖夜寢而朝食，未嘗默口，精之爲至，不敢自負。逮年十七，求貢有司，一試而五登於場，亟越時輩，雖不能中，輒亦無愧。明年又貢焉，加一於初，同進者乃相忌而爲仇。自後歲舉於有司，兩登名而天子退之，自知命也，時也，不敢恨矣。二十有五，丁父憂，在家居喪。後三年，復求貢焉，時遇執事主文衡而綜其任，實志於執事也，將能振乎某之困矣。又不果願，見退於執事之下。某當時頗自悲。噫！是己之不專於藝耶？是己之拙趨於時耶？是己之失謀於人耶？何至於此哉？去年又進焉，亦見黜於有司。退而自爲，終無所成，七上而七失之，年已三十矣。欲棄之而休，甘伏於聖明之世。

『今年秋，遇執事假政是邦，振養罷危。某復思而喜，將有幸於執事也。於古人始立之年，亦未爲過，故昨與衆而求舉焉。未知斯之進也，復何如耳？嗚呼！將言之而先泣矣！家已貧矣，親將老矣，身甚長矣，禄由遠矣。天乎！天乎！何罪而是乎？若此，執事苟不加憐焉，某從何門而望賜？所以冀執事者，亦非誣也。

『某爲兒時，知執事之聲名，誦執事之文章，當時遠近之言，咸曰執事終大矣。及乎稍長，識執事之形容，執事克已登位於朝，當時咸曰執事雖用而未貴也，斯將入制閣而典文闈，階乎上也。近年隨貢，果當執事選試之内。某雖不見取於執事，人謂執事之升者，實爲得賢。咸曰執事亦未矣，天子必重寄矣。今果理河朔之大邦，化千里而成風。某幸在貢士之流，辱執事之掄舉。衆復有言，咸曰執事必相天下矣，而後展伊、周之大謀，振堯、禹之德音；萬物生植，期荷厥恩。

『某從而思之，自念身世：生當執事之同時，幼知執事之聖賢，長見執事之榮泰，近在執事之選試，今受執事之舉送，幸爲大矣。執事將必爲相矣，以乎輿言數四，咸克無虛，故知衆人之辭，所果非枉。某若冀執事爲相之日，期以望恩，時雖不晚，某實免于窮阨也晚矣。今當執事貢名群士，苟垂憐而振拔之，使有得成，即執事爲相之日，移恩在此也。』

兄但誌之是言，聞於執事者。苟垂聽而不罪之，又何必用於文以干乎？」

某欣然不知所以爲文也，直寫上獻。執事儻三四讀而不倦，雖加責，某亦爲恩矣。某再拜。

上符興州書

予性甚僻，氣甚古，不以細行累其心。走四海間，求與知者，竟無一人。歸來鄉里，日益時病，常卧草堂下，自稱曰野夫。僕實非野夫，蓋不能苟與俗流輩拘以自蕩厥意，故是言耳。每負酒過市，則市人目以爲狂。晚適田野中，則農夫詬而相笑：「是魏人，不知其人，負不羈之材於世也。」僕亦不責之。

苟上位之人有干於是也，則僕始自惑于心矣。故今日望執事之門，書以自言焉。雖賤爲布衣，度執事必無加諸僕也。況執事樂善進賢，服仁行義，不以貴富驕物，不以勳烈凌材。且九州爲大，兆民是衆，咸有斯言，豈獨僕也？在其下而不有干焉，則使事去而自傷，時失而自咎也，不遠矣。

僕嘗中夜不寐，自疚其心，滿眥盡淫，卒難自禁。非枉乎急於食甘衣鮮，求於官榮譽大，况冬一裘而歲暖，朝一飯而日飽；無親愛離遠之痛，無支體瘠劣之疾。蓋以其學成而不爲人用，道枉而不得時遷〔一〕；虚勞乎師孔子而友孟軻，齊揚雄而肩韓愈。

自念其道，即反不如百工賤人乎？且工有長於一伎，民有高於一藝，則衆皆湊其室而求其力。夫運斤成風者，匠民之業〔二〕；發矢中的者，匹夫之能，尚皆獲其用而沽其直，衒其己而賈其勇。則誰不欲競致左右間，以覩乎能而快乎心矣。即僕也口誦古聖賢人之書，心紀古聖賢人之法，作事于世，爲民所惡，及與俗伍，日極詆訶。如是，豈不痛心哉？

然江湖可以自放，林泉可以自娱。復戀戀不能去者，以明天子在上，賢執事在此。復而思之，設天與其命，一朝一夕，使主張斯文，教民歸於古道，又萬一而冀望於心也。

今執事聞是也，忍不察其言而觀其行，惜其人而愛其道哉？實惟執事少垂獎待，以慰我區區之心。

〔一〕「枉」，四庫全書本、《四部叢刊》本、光緒本作「在」。

〔二〕「民」，叢書堂本、《四部叢刊》本、讀古樓本作「氏」。

上王太保書

兵者，以詐行，以奇勝，以謀先，以勇固。失此四者，敗之道也。開生長河朔間，讀書爲文之外，好尋前古興亡成敗之蹟。自兒童時，復見烈考每每話後唐莊宗帝迄於晉、漢朝，與北虜戰争之事，歷歷如在眼前。

開今夏中〔一〕，隨兵餽糧，北抵涿州，觀其北虜用兵之法，皆如往昔烈考所言，察其國家將卒之徒，即有異也。以朝廷自周世宗取淮南，收秦鳳；太祖皇帝下荆、湖，破西川、廣南，滅吴；皇帝平晉與吴越、甌閩，三十年中，兵出即勝，謀動即成。今天朝兵雖多，將雖衆，其爲争勝之道，視北虜猶視吴、蜀、晉、楚之師。所以開謂其有異，而乃失其利也。北虜非吴、蜀、晉、楚之匹也。用非詐也，不能及其心；出非奇也，不能敵其衆；動非謀也，不能防其姦；戰非勇也，不能捍其力。輕而視之，易而行之，非所以利也。

北虜昨自祁溝之役洎此，入數月也〔二〕，逐我師而迴，乘勝也；念己地之侵，蓄怒也。乘勝而蓄怒，今其來也，必選其勁虜精騎，盡率其群，決入吾境，勢甚鋭耳。劉與李不能堅壁清野，備而避之，非善之將者也。譬之惡獸，有暴其巢窟者，退必咆哮攫齧，肆害於物，當此之時，未可制其横猾也。苟俟其怒心發極之後，從而圖之，可爲易耳。今聞北虜尚在瀛州界内，開計其來也，肯北而退乎〔三〕？虜使聞者南入深、冀〔四〕，先行偵察也。勿以其寂然無聲，謂其息也，此乃謀其往耳。勿以其居然不動，謂其止也，此乃窺其便耳。

今明公承命而來，禁旅旋至。開欲乞候兵師到此，即請盡出甲兵，多持旌旗，緩行而前，至府北屬縣已來，揚聲云：「大軍數十萬，相次而至。」夜即多以火鼓張其兵勢。仍請分命兩道而行。北面城邑軍兵，聞必增氣。若賊虜有南顧之心，聞之必未敢輕易而進；若賊虜本無南顧之心，此行不遠而迴，又且無害於我。況大河之北，郡縣纍纍，民居相鄰，户僅百萬，聞王師而大至，其心寧不頓得安乎？俟其旬浹間，城池脩完，北虜不進，即請明公相度，乞聖駕行幸天雄軍，駐蹕而後進軍，漸抵貝、冀，聲援邊方。若得北虜退歸，河朔無事，則却賊安邊之功，盡成明公之勳業也。

開儒官議兵，不識遠大，僭易聞啓，惶懼實深。開再拜。

〔一〕「夏」，原作「憂」，據叢書堂本、《四部叢刊》本改。

〔二〕「入」，原作「八」，四庫全書本、《四部叢刊》本、光緒本作「入」。據改。

〔三〕「北」，叢書堂本作「此」。

〔四〕「聞」，彭本、孫本、讀古樓本作「間」。

柳開集卷七

上竇僖察判書

後二月五日，開再拜，謹奉書於執事：

今之所謂進士者，天下幾百人。凡所能中有司之選者，其道有三：非材，非力，非智，即不得從其列。斯三者，能用其一也，皆爲取名之良者矣。材者爲上，力者爲次，智者爲下。於三之中，苟復能參用其二者，即譬之與位，勢不失矣。有能兼是者，由來鮮哉。

夫所謂材者，文章也；力者，權勢也；智者，朋黨也。文章之用，固如金石；權勢之要，疾如風雷；朋黨之附，密如膠漆。士或學深而行廣，辭古而道周；昭明足以不昧其光，執確足以能守其節。是來取名也，有司果肯遺其材之異乎？士或門崇而地峻，父貴而兄顯；榮辱足以擅動於世，上下足以盡歸于己。是來取名也，有司果敢拒其力之大乎？士或顔苟而心諛，跡勤而言媚；趨競足以巧結於衆，偷賤足以曲屈於氣。是來取名也，有司果能免其智之謀乎？若是者，果道之有其三矣。

然以材而得之者，有譽而無謗；以力而得之者，有謗而無譽；以智而得之者，謗與譽也，俱泯然無所聞矣。何哉？材以衆伏，力以衆怒，智以衆和。其所以於其己也，亦各從其所以尚也。能以材之取其名者，其爲行也常，故日經久而譽增，業復脩而位高，故曰上矣，如金石矣。能以力之取其名者，其爲行也暴，故始或盛而終衰，事雖成而德敗，故曰次矣，如風雷矣。能以智之取其名者，其爲行也安，故時既平而道常，進莫知而退銷，故曰下矣，如膠漆矣。友朋間凡進於有司者，開常以是言告之。其取名之者，彼於得失也，無能逃脱於此。或三者之中，俱無一也，見其來而私懼焉。

開本在魏東郊，著書以教門弟子，願有終焉之志。不幸邇來，父兄以家貧令求禄以養生，交朋以時亨，勉趨仕以專道。故東帶冠髪，編修簡策，欲陪士君子之下，有冀望于名焉。退而自度，其己之於時也，正在此常懼者耳。謂其材也，即文章不合於俗尚；謂其力也，即權勢下列於民伻；謂其智也，即朋黨絶疏于世務。如是，求而望得也，可不艱哉？

或謂：「子可從人以訪諸，用決其得且失矣。」開遂北走是來，願伏門下，以冀執事之知。進退之間，唯執事之命耳。故以是書敢爲贄業之先容也。開再拜。

上竇僖察判第二書

後二月十七日，開再拜，言於執事：

昔楚人有大玉，將求厚價以售之者，懷之日久，世莫能識其寶也。知秦有公子尚奇貨者，來造之，以玉願納焉。秦公子曰：「吾甚貴子之玉，以吾家苦貧，不足當子之直也。然與吾游者，有大富家可沽之矣。吾爲子賈於其人焉。」楚人從之，富之家果豐其直以取其玉。他日命工成器，以出於世，世咸謂非常者也。皆曰：「斯璞實楚人有之，有公子能識之，某富之家乃得之，於今所以見貴于時矣。」昔非公子之力也，即楚人雖有而不得售於世，富家雖存而不得市其寶矣。

開竊敢比焉：雖非奇能峻博之材，欲求異乎常流者，即開有之矣，於世是所難得其知也。聞執事之賢，故遠以來，冀執事若秦公子之識而垂力也。執事苟未能自以售其人，即執事言於他能貴士者可取也。如後日之使開有所稱於世，行義或立於一時，文章或垂于萬代，衆之人必曰：「柳開之材之能，實如是矣。」其所以知者，必曰：「執事也致其某人得之，出於門下，其功或有是。苟非某執事者，即柳開雖異于人，而安得遂其志乎？某之人雖欲其賢，而安得知其人乎？」若是者，與楚人之玉亦無殊矣。其所以稱者，執事必當其首也。此事非其妄言，執事度之，足以信其實與僞矣。

古之時或能舉材薦賢者，於今言之，誰不知之？其曰有某士也，今亦若古耳。其有玩好，問家得一稀見之物，尚貴而惜之。或訪其來，則必常稱曰：「某之人遺某，某之人賈某。」況其得於士哉？有反不言者，未之有也。是其知而舉之者，甚於取而得之者也。

又其當今之文士才子，雖國家崇異，此道碌碌散滿于天下。或有已得名者，或有未得名者，觀其徒即繁，求其人即少。若較其傑出者，不過五、六人耳。范師回、李天鈞、郭杲之、宋素臣、孫文通、李守之之輩，或文或才，皆謂衆不能及者也。衆稱此數君子之中，曰：「某人者，是某之能知其才也，某之能重其文也，某之力與舉之也，某之力與推之也。」且與執事或談之，豈有異於此言哉？是其或能力於此數君子者，誠爲美也。

況其此數子之中，受知與恩于執事之門下者，過半矣。其閒宋素臣、孫文通，是故僕射公之門生也。范師回之文行，兄事于執事，非執事知其人，彼何肯如是哉？李守之，執事拔于孤賤之中，舉其材能，使獲科第也。若此，舉材得賢之名，執事之門，半天下矣。執事苟能固其誠，執其義，有所賢，抱所能者，誰不延頸而望，疊跡而來矣？

開非自尊之論，其與此數君子，亦有一日之長，可容厠其閒矣。敢望執事以一言而見知，以萬力而拔舉也。不是虚矣，不是二三其求矣。執事之心果肯若前芳而不棄于材，即開之志不誤其此來也。

事蹙時迫，辭旨懇切，餘其面聞，死罪死罪。開再拜。

上叔父評事論葬書

謹奉所見，懇懇之誠，以言葬事：

開觀古之人，動作必有所謀，去短即長，圖其是而已矣。非以因而不革爲之可也。三代不相沿襲，帝王之道也。其所取用於行之者也，下至士大夫之家，庶人之徒，亦各有其利而從之矣。

開于葬事之間，竊謂從于新塋，不如歸之舊域也。舊域，祖葬之地也。家本起之於彼，今將圖於新而棄於舊，是若遺其本而取其末者也。能固本者存，不能固本者亡，古之道也。苟本固而不衰，其爲末也，必蕃而大矣。

且舊域在叔父視之，爲當世之塋也。在開輩視之，爲二世之塋也。親親之義，代各不同，當世之與二世，其爲疏漸之理明矣。若今葬之于新塋，是見棄其舊域也不遠矣。何者？舊域至開輩，已視爲二世之塋。至開輩之下，爲後者視之，爲三世也。三世之爲親者，於開輩又加遠矣。其爲開輩之後者，即取其近爲親也。縱同塋以葬之，亦以疏而略矣。況使不同其地而葬之，不知其遠近之爲乎？以今視之，即見其爲開輩之後者之情也。

且今若具葬於新塋，以每歲芟除之時，必多赴于今葬之所，赴于舊域之地者必少矣。縱能赴而往之，必無專嚴於今葬者之新塋。爲此也，爲開輩之後者，少見而長襲之，棄其舊域也必矣。咫尺之近，棄其上而不親之，豈得爲孝乎？將天地之福其世者，難矣。

夫移葬不歸於舊域者，有矣。或從仕於千萬里之外，去鄉遥遠，阻越江山，家貧子幼，不能力而歸之，因其家所而葬之。如此者，不可責其然也。今幸不在於是事之中，將不歸於舊域葬之也，其故開不知其所出也。

將曰以陰陽家爲利而從之，即開以若從陰陽家而求其利，是棄其祖而求利於身也。果爲利乎？棄其祖爲不孝，求其利於身爲不公。不孝之與不公，苟一在於人，陰陽豈果利其不孝與不公者乎？開將不爲利矣。不若以孝誠以求利之之利也。苟信其陰陽者之言也，是若斷其根而欲茂其枝葉者矣，未之有也。

若有復以祧廟代祭而比之，不可也。且其祧廟代祭，自有其次第，謂不得其四時之祀也，非若其塋域者也。苟謂塋域之若祧廟代祭可行之，即棄其塋域，覩而不顧，至于發掘毁露，皆可縱人爲之，不可罪也。其理不爲利便者，昭然可知也甚矣！又若謂陰陽家以求吉地而葬之，彼之舊域謂無其地可以求吉也。即開謂之，地故無其吉也，亦無其凶也，在乎德之吉凶也。文公所謂「善人葬之於不善之地，豈果不善其子孫乎」是也。開以地苟此不能爲吉而彼能爲吉也，是果如是，即地爲不常之物矣。豈能厚載九州與萬物乎？周公、孔子皆不云有是也，惟曰「葬之」而已耳。聖人作事，咸欲利於人。苟地有吉凶，而不使後世知，而人求以利之，即周公、孔子欲利於人者，道不足爲大矣。嗚呼！斯皆誕妄者之爲也，君子不由之矣。

乞以開之此言，諭于内外之有識者以議之。苟有於道而長于開者，即請定而行之矣。

上主司李學士書

二月日，鄉貢進士柳開再拜，獻書於執事：

夫世有君子小人，則有毁譽。毁譽苟不以其道，則君子小人，是非不爲當矣。大凡善與不善，各從其類而作也。毁之爲道，不善者也；譽之爲道，善者也。故君子爲善也，多譽人；小人爲不善也，多毁人。譽人者，樂人之有得；毁人者，樂人之有失。是以君子與小人相反焉。

爲行苟同於君子，必譽之矣。既君子以譽之，則小人必毁之也。毁之也者，何哉？以其性不合而氣使然也。爲行苟同於小人，則小人必不毁之矣。既小人不毁之，則君子不爲譽也。君子之不爲譽者，以其合於小人，而善不可見於時也。蓋君子之譽者，必爲善之徒也；小人之不毁者，必爲不善之徒也。是以大君子不納小人之毁于人者，以此章明其善與不善也。

且君子譽人之善，小人必爲之隨而毁者，蓋于古即以嫉其道，于今即以争其名，是以古今不能無毁於善者也。若君子之下，世無其小人，即譽之下，毁幾乎息矣。有天地來，未見獨有君子而絶無其小人也。嗚呼！將奈斯者乎？必若小人未能世無之，即有譽者或爲其毁而致失也，君子不可不慮於心矣。

開之于今，正在此之憂懼中耳。自去年秋，應舉在京師間，士大夫或以惡文見譽者，多矣。度明公之所，亦甚知也。是以小子行事之間，不復列於此書者，以開所納文中有《東郊野夫》及《補亡先生》二傳，可以觀而審之爲人也。譽之聲，從來既有矣；毁之者，果不能無之也。竊聽近日嚻嚻成風，興謗之徒，十或一二。譽開者，斯既君子；毁開者，斯必小人。度明公必不以小人之毁，而易君子之譽開也。然自有禮部歲貢士來，歲歲群進于有司也。有材者必有譽，有譽者必有成。既而材斯異，譽斯至，成斯見，未有一人能免其小人之群毀也。故明公之所深察者也。

開之大王父，諱璙〔一〕。唐光化中，趙公諱光逢。司貢士也。實來應舉，趙將以以牓末處之。遽有移書於趙公毀我先君者，趙公始得一書，乃遷其名而進一等。以至于前後得謗書二十六通，趙公每得一書，而必一進名。是歲也，趙下二十七人，故我先君名止於第二。苟是時書未止於二十六人之毀也，即必冠乎首矣。我先君後果作相於唐，而有力扶大難之美。陷乎身而君子，到于今稱之，貴趙公特達之能如是也。開雖不敢望踵於先人，而明公豈肯使趙專美也？

況古聖賢人，未有不爲小人之毀者。在周，則周公有流言之謗；在魯，則孔子有桓魋之毀；在齊，則孟軻有臧倉之訾；在漢，則揚雄有投閣之禍。開之道，學聖賢人而然未臻其極，若其取於小人之毀而不能免，如聖賢人之有矣。在開思之，復甚於古聖賢人之得毀也。且周、孔、揚、孟之徒，致其小人之毀也，止以其道耳。開之於今，兼以其名，是以甚於古聖賢人也。明公得不念之哉？

苟明公不以二三小人之毀而移聽於開，即開之名出於明公門下也，萬萬敢自賀曰「必矣」。開再拜。

〔一〕「璙」，李慈銘《荀學齋日記二則》云：「考唐代亦無柳璙爲相者，『璙』又不成字，疑即柳璨也。」

請家兄明法改科書

先生之爲業，誠至矣。其進於有司也勤，而數無功矣。不利而可易之也，宜矣。爲法之任，能習而明之者，豈仁人君子之謂乎？士之欲進其身而求禄位者，不由此而可也。夫法者，爲政之末者也〔一〕，亂世之事也。皇者用道德，帝者用仁義，王者用禮樂，霸者用忠信。亡者不能用道德、仁義、禮樂、忠信，即復取法以制其衰壞焉。將用之峻，則民叛而生逆；將用之緩，則民姦而起賊，俱爲敗覆之道也。聖帝明王不取也，聖帝明王不用法以爲政矣。先生之明而爲業也，將求其用也。用先生之業者，必非聖帝明王也。是先生不以聖帝明王之道，而不能治天下者矣。

古者人之爲學也，大以廣其道，小以開其政，教而化之，利而養之，皆施於民也。苟不用於時，不及于民，即自用而及於身矣。先生之習於法，而時苟不用之，即將爲用也，豈可於身以用其道乎？是法之爲業也，於身與天下國家，皆不可者也。嗚呼！未知先生始之志學于是科也，是從於人之言，欲易其力而速其成耶？急於禄而輕於求耶？何不思於此乎？

且執法者爲賤吏之役也。國家雖設而取人，亦明知其不可爲上者也。故試有司而得中者，不得偕名于禮籍，附而下之，所以示其帝王之賤者也。夫不禁而去者，不忘於古人防姦理亂之道也。然國家列而存之，士之習於孔子之道爲其上，下者皆不爲之矣。是法之用於國，爲其衰代之政；習於身，非上士之業，明矣。

今之取爵位者，上可以陳皇王之事，述道德之任，試于賢良詔是也；次可以習章句之能，備政治之材，取進士舉是也；下可以通經義之精，服誦習之勞，應禮傳科是也。力不足于賢良，即於進士；力不足於進士，即於禮傳。況志之所爲無有不成者也。苟都不能之，即可以叙利害，伸謀畫，射策於國門，取萬一裨於國家之事，猶可以立名取位，循階歷級，而昇于貴顯矣。將明法之以求其爵位者，不足得而榮之，豈不失也？

況先生材志碩茂，行義淳樸，大有文章以盈于編策也，而反屈辱於一衰代賤吏之業。凡知於先生者，得不爲先生惜之乎？況開是其弟者也。如此，在開觀之，先生豈復由禮傳之爲乎？平視於一進士以取其名無忝也，又何不知其捨進士舉而上試賢良以待詔之不能耶？

天下賢士，國家或得之於朝，或遺之於野，得之者即功詩當世，失之者即名垂後代，皆文章之士也。未聞有一習法令者，而能厠其中矣。先生苟捨法而爲文，得乃誇其功，遺乃垂其名，俱爲美者也。

古聖賢人欲人皆入其善，不欲陷於不善。陷於不善者，懼禍其性命者也。法者，惟欲禍其不善者也。是違古聖賢人愛民之意也。違之不利於有司，亦理宜矣。先生固宜易之而求乎外者，合於道也。何在專專守是，而不移其功乎？

先生苟不從開之言，而世之有識者，將謂先生非儒士也，曰是法吏者也。

〔一〕「政」，叢書堂本、《四部叢刊》本並作「治」。

報弟仲甫書

自汝别於吾，迨於今，將歲周矣。朝夕以思於汝，吾心之懸懸也則生吾身，而與汝未嘗有是哉！雖得汝來書，縱日萬至吾前，未若一見汝之面也。非有江山之阻，使吾不暫安於懷。有名利來，故有睽濶，誰不以通好問，察動静，用慰於心？舉世皆然，非獨吾於汝也。則每覽汝之辭意，而轉增吾之悲。復何嘗能解吾心之鬱陶乎？

汝之遑遑於天下，非汝之所困也，乃吾之所過也。興言往思，不覺涕下，欲出諸口，先疚乎心。汝之困也，非汝爲之，蓋吾之不德，致汝之至於困也。豈非吾之過乎？將用寬汝之不足，吾自得責其過，以告於汝前，使汝諒其吾之不爲不知耳。

且夫人事之間，必存先後，上下以叙，罔黷於道，乃古聖賢人相授以教於世者也。夫臣以君爲先，用其義以臨下；君以臣爲後，信其忠以事上，則政教行而禮法中矣〔一〕。子以父爲先，重其慈以敦愛；父以子爲後，取其孝以正養，則道德明而風化流矣。弟以兄爲先，因其友以資仁；兄以弟爲後，奉其恭以盡誠，則小人平而悖逆息矣。然後可安於天地之中，可立於古今之際。君臣之所以忠義，父子之所以孝慈，兄弟之所以恭友者，皆不一其事也。但以忠義、孝慈、恭友總名之耳。

故吾今與汝窮棄民伍，雖欲盡心於事君，則將何爲而能至哉？又吾今與汝歡侍偏失，雖欲盡心於事父，則深哀于已孤矣。獨於恭友之際，得不力求其至以慮於失乎？躬行其道以盡于心乎？則汝以吾爲先，固吾當爲汝之先耳。若今日致汝取困于衆人之中，則吾爲汝之先，少有過乎？

吾嘗授汝以道，則吾不能婉從汝志，指設其方，覯汝於朝夕，接汝於左右，使汝外請於他人，久旅於上國。吾雖得夫子之旨，不見汝以訓諭之，此豈不謂吾之過歟？

又吾嘗譽汝以名，則吾愚而樸，直而訐，不能狎悦于時流輩，不能趨競于勢利家。將舉之於口，懼見誣于今；將垂之於書，懼見欺於後。雖汝有材實而不敢稱之，雖汝有道德而不能明之，此又豈不謂吾之過歟？

又吾當重汝以位，則吾道不符於今，志將取於古；泛然游其寂寞之源，安然守其遠大之塗；媿取媚於人，罔見知於衆；病阨郊野，力弗自興。吾之身尚如是，況能及於汝乎？此又豈不謂吾之過歟？

又吾當豐汝以財，則吾惟仁義是言，文章是習。苟重於利，乃先聖人之所病耳。雖窮餓至死，豈敢及之乎？使汝乞匄以度日，困病以經時。吾且若此，安有力而救於汝也？此又豈不謂吾之過歟〔二〕？熟而思之，則吾爲汝之先，過在此也。

誠言及是，厚負其責。前之所論，且無一焉。不獨知過於汝，使汝遑遑然也，亦將受責於人也，亦將貽羞於己也。則吾每覽汝之辭意，胡能安而居焉？苟能安而居，則若冠帶之土木偶耳。豈有友愛之情乎？夷狄之所不為也，仇怨之所亦不爲也。

於乎！吾與汝無能而奈之耳！天地若否其德，鬼神若非其靈，則吾與汝無能而奈之耳！古人福善之言，誠爲妄也。天地何德，以使吾與汝尊之哉？鬼神何德，以使吾與汝信之哉？吾將責天地鬼神。是吾與汝命也？時也？是天地鬼神欺也？誣也？吾憤曷攄？吾言曷辜？故報汝以是書。

〔一〕「中」，《四部叢刊》本作「申」。

〔二〕「過」，原作「遇」，形似而訛。上文數段尾句皆同作「過」，又，四庫全書本、《四部叢刊》本、光緒本皆作「過」，是也，今據改。

柳開集卷八

與起居舍人趙晟書

十二月日，從表弟、起復儒林郎、守監察御史、知潤州軍州事柳開再拜，奉書于爲光足下：

爲交友，有少爲學時得之者，有壯而仕得之者，亦有迨老而後得之者。能以終若始之心不相負，是可謂君子也。矧居時以勢利萬狀，攻擊而不能隱默〔一〕，抵突則不足自保，斯何爲言人也哉？少而能得之，全其道，善可稱也。雖若是，少時或相同，而後有達有不達者，有若貴若賤，若存若亡者，於其分亦所未備也。苟以少，以壯，以老皆相似，又有睽隔阻異，望望不得且接近，終身言以病之，亦惟其可惜之耳。

開年十八，從列考御史來京師，始與爲光相遇。當此時，爲光承順於先尚書公左右，亦迨餘冠歲矣。一見甚相得，各自謂古人直不及我也。而後爲光中進士第，歷濠、襄兩郡幕下〔二〕，登朝遷拾遺、補闕，適廣、桂諸部，得轉運副使，連知虔、徐二州，任起居舍人。開亦竊進士科名，選授宋州右司寇，稍遷録事參軍，爲太子右贊善大夫、殿中丞，兩爲監察御史，知常、潤二州軍州事。省而自念之，雖出處蹤跡，皆不及爲光清峻顯煥，然其不至寒餓惶惶，走四海塵土中，卑且賤，亦小可道也。

開來潤州三年矣。坐此地日以官事細屑，政刑不敢少弛之，嚴帝典也。諸父諸母兄嫂氏，没世不一，葬事間迄今不及，非人子也。每時思之，恨不能死，泣於天地，爲無告矣。

昨日得進奏院狀，報爲光授命，實來替予。喜感交亂於胷懷中，若矛戟億卒，鬬蹋混走，莫可帖止也。爲光！爲光！曾念之乎？開與爲光，故人也！豈不少而學時得相交友耶？趨進於名利之途，及第歷官，曾是其貴賤窮通存亡殊然相遠耶？迨此二十年，雖前後多不相見，今而來也。代予之任矣，詢予之政矣，總予舊之民官吏兵矣，處予居之庭堂門路矣，役予信之僕圉閽守矣，用予作之罍皿槃洗矣。予新晨入矣，予前夕行矣。憯然雖以是不能久相待焉〔三〕，方之望望不得接近，又可庶之免也。

況信守之，義成之，禮節之，仁和之，炳然不相欺媿。今日之前，似合其道也，得相視一歡笑，無怨慰。今日之後，況與爲光各省識時事，肯爲不及於前日乎？可無憂也。若是其他人觀之，得無謂予與爲光能全其交之美者耶？

方舟遠來，涉彼淮江，寒風淒其，勞動興止。衙吏命往，公僕載迎，軍州故事，容悉陳啓。相見不遠，欣然莫休。仲塗頓首再拜。

〔一〕「攻擊而不能隱默」，原作「攻而□□□□默」，各本仍之，惟四庫全書本作「攻擊而不能隱默」，今據補改。

〔二〕「濠」，原作「豪」，四庫全書本、《四部叢刊》本作「濠」，是也，有濠州（今鳳陽），無豪州，今據改。

〔三〕「憯」，原奪，今據四庫全書本、光緒本補，文意方足。

上盧學士書

十一月日，鄉貢進士柳開再拜，奉書于執事：

開始將求進于有司也。或有告開者，曰：「古聖人思欲憂民也深矣〔一〕，作卜筮以見乎神，存蓍龜以定其器。民有疑于事者，可以占夫利不利矣。今子將進于有司也，無乃須以謀于此乎？龜筮從以行之，龜筮違以止之，斯免子于妄進矣。」

開對之曰：「夫人之作事于世也，物或可用之，物或可捨之。蓍龜于何有乎？且開讀書著文，干進于時，自有上位之君子知夫利不利矣。必若己不能謀于人，假其蓍龜以告卜之，則吉凶未能勝于賢君子也。開其不若卜于上位之人矣。」開退而思之，私自言曰：「今夫朝廷之賢者，獨執事大矣。果將往而卜之，與之進而斯進矣，與之退而斯退矣。是可定于開之利不利也。」

故夏初求先容以登于執事之門，直以惡文干于左右。洎乎面見執事，果執事不曰「汝未可以進矣」。凡近年舉進士者，唯開封解爲盛，禮部升而中第者十居其五，所以天下之士群來而求薦焉，争先而冀上焉。開實不忍棄之，大望其角勝矣，乃嘗拜而有謀于執事也。執事當是時，颺言而命開曰：「汝何必須開封解矣？去年李蔚解于鄭而成名，有司不遺其材，斯果在于開封乎？汝但斆其李蔚耳，無執于内外解也。」開退且喜，曰：「開之進也，知其利矣。明公賜開之言如是，見成敗也。」

吁！向者告開以蓍龜而卜志者，果不能若開之始願也。如走夷路而獲良馬焉，指八極而可坐到耳，實不覺氣之雄，心之飛。邇者遂西入鄭郊，果獲首薦，開是知其進有利于有司矣，豈不盡繫于執事乎？

且士之立世而行道，顯名而取位者，孰能自用而自薦乎？須以上位之人知而必愛其材也，可以遂其求矣。設上位之人不能知而愛其材，則雖有仲尼氏之聖之道，亦將困而遑遑焉，不獲其志矣。自秦漢已來，有名之士登用於民上者，誰不曰某因某而彰于時，某因某而獲于位乎？今由古也，弗可廢矣〔二〕。開雖不敏，願從事于斯。

開受性介僻，與世少合。今雖司貢士，執事不當于任，然望賜于執事也，誓心不遷矣。願出于執事之門下，開實爲榮。必有後之人言曰：「柳開能有是，名有是，非柳開則執事不舉矣，非執事則柳開不往矣。」苟獲與古賢君子齊其休美，後之人果若是而稱論之，則開雖朝受賜而夕死，可矣。

荷執事之恩，宜將何報？姑致謝而進斯言焉。開再拜。

〔一〕「憂」，四庫全書本、《四部叢刊》本、光緒本作「愛」。

〔二〕「廢」，原作「發」，四庫全書本作「廢」，據改。

上參政吕給事書

二月十一日，將仕郎守、蔡州上蔡縣令柳開，謹獻書於執事：

人之罪莫大於不忠不孝，開今有之。得以言于執事，執事必聽而信矣，哀而憐矣。夫國家以科第爵位取士者，要欲安民治國，扶樹教化。自千百人中，始得一人登名禮部，自禮部由吏部爲州縣吏。復於千百人中，始得一人登名朝籍，立之於明廷，居之以顯位。出入受寄，承天子宰相指畫，理平小大。是乃求人任官，非爲易也。其有輕而棄之，自取敗禍者，豈得爲忠乎？

開一舉中進士第，凡五年爲吏郡府，而入朝四遷，五命得殿中侍御史，三典大州：受皇朝名位非不重也。而一旦不忍小忿，與人任氣争鬭，紊煩上心，削去朝籍，逐爲縣令。不能重主上之命而固守名器，辱君父任使之意，名書刑籍。使萬方議而笑之，以爲國家任非其人，斯開不忠之罪也。

開父任監察御史，乾德三年卒於泗州官舍，至雍熙甲申歲，二十年矣。其間，開母氏洎叔父三人、叔母氏、兄闢與諸嫂氏又七人，相繼亡没。開以游學從宦，生計牢落，竟未能克襄葬事。又幼弟稚妹，婚嫁失時。開在江南數年，每一念至，不覺心神絶死。前年，開自知潤州得替歸京，以家在河北，曾具此二事，白於政事堂中。蒙執事賜以貝州之命，開甚爲獲所願也。到治所後，方經營婚葬。不三月，長兄閔卒於昭義軍節度推官。又不兩月間，次兄肩吾自知郢州罷還闕下，行次唐州而卒。後不十旬，開以兵馬都監趙嘉進、監押翟廷玉以官事苦相侵逼，致各忿争。天怒降威，追官作宰〔一〕，窘辱顛沛，極不忍言。向所求來河北營度遷葬婚嫁事，無所能也。嗚呼！開爲人子，父母、叔嬸、兄嫂氏計十四人死而不葬。餘二十年，弟妹成人，又失婚嫁。名辱身困，豈爲孝乎？斯開不孝之罪也。

每念此事，開誠不忠不孝人也。罪亦大矣，生何爲矣？

直以諸孤孩孺，纍纍滿前，寒餓徬徨，家僅百口，非知開而大有力者，莫能救之。開於執事不敢言布衣舊常知開矣。今天下大臣中，立朝廷受上知者，唯執事一人爲最，位居相府，名動寰區，亦大有力矣。若是而非執事者，不能救開矣。執事非此時也，即又不能大施其力矣。何者？凡上之施恩威於下有非常者，必上不能直行而專爲也。必左右有以非常之善惡，先聞於上也。然後上乃行非常之威以罰惡，非常之恩以賞善耳。開昨獲罪，實甚非常。開今仰望於執事者，望執事以非常之善，言聞於上〔二〕，乞行非常之恩。

況以執事當此非常之時，有非常之便，可以行非常之惠，救非常之辜於開也。開聞方今大發師徒，必有征伐，是非常之時也。國家事繁務衆，文武要人，是非常之便也。執事若念開昨觸犯刑章，無毫髮贓賄，上不負國，下不侵民；止以王事與同職爭競，審言於上，又，開平燕襲晉之年，催運楚、泗八州及起遣鎮州糧草八十萬計，隨駕先行，皆獲周旋無誤，前後任使咸以幹局言之，具列於上。乞於今時重難極處，使之以贖前罪。如此，是執事可以行非常之惠也。儻執事力言於上，取開於下；捨其罪戾，役以重難；離此州縣之中，再列班行之末，是救開非常之辜也。

若執事因此時，垂大惠，即救開甚爲易耳。若此時執事不賜哀憐，特加振拔，即開無緣免此危困窮戚也。惴惴旦暮，死亡可期。若過此時，俟於他日，執事縱欲致開於無過之地，救開於久困之塗，亦難爲力而無其便矣。直寫危懇，且陳短書，號伏塵泥，朝夕望命。唯執事憫之。開死罪死罪。

〔二〕「追」，原作「推」，據叢書堂本、彭本、讀古樓本改。

〔三〕「聞」，《四部叢刊》本、周柯本、彭本並作「開」。

上史館相公書

三月六日，將仕郎守、蔡州上蔡縣令柳開，謹瀝血獻書於相公：人於天不可得而升。得升於天者，凡骨爲仙，知不死於塵世耳。開於京城不可得而到，於相公不可得而見。開今得至於京城，得見於相公，即災害可免，窮困可伸；脱出泥滓之中，再登霄漢之上，知不難矣。與其升天爲仙，其亦不遠。

何者？開負罪南遷，遂爲縣令；因縶下位，愁憂日煎；骨肉之間，疾病太半；俸薄家貧，食不充飽；父母没世，閉骨淺草；弟妹婚嫁，絶無遂心。茫茫天地之中，開爲厄窮極矣。開去年以不忍小忿，與同職以王事争鬬，上辱皇帝任使之意，下玷相公變化之恩。

雖不犯贓，雖不負國，雖不怠慢公事，雖不侵害黎民，其如君子用和，儒者立行，即何遠乎？斯開自致之，罪戾亦極矣。厄窮且如是，罪戾亦如是。若守職在縣，夐隔路途，雖欲言之於相公，無由得至京城矣。

今來率領部民，餽輦軍食，路出天闕，跡達相門，即誠可陳，事可謀。開受恩門下已十五年，相公忍不哀而念之哉？況相公積仁累行，亘圍物表，草木蟲魚，尚加惠養，況於開反背無情乎？斯開自知，免災害，化窮困，出泥滓，上霄漢，在相公一言有餘。知不難於今日矣。是行也，開變禍爲福，易愁爲娛，期之朝夕，自可前賀。

凡遭逢天命之歸己者，帝王之位可得；遭逢人主之用己者，將相之位可得；遭逢宰相之知己者，公卿之位可得。古人與今人窮達，此理一致耳。無如是有遭逢者，求而且爲難矣。上天景命，下屬聖君，萬方承平，遠絶古昔，是天命之永歸於皇家也。高坐廟堂，密運籌策，子視稷、契，奴命蕭、曹，是人主之大用相公也。開自應舉歷官，出入門下，屈伸動靜，鉅細承恩，是遭逢於相公也。

而開不能慎守名器，大掇悔尤，退黜朝行，沈落坑穽。苟無此事，即相公於開也，豈惜公卿之位乎？嗚呼！每一念之，不覺心死。古謂噬臍不及者，正在開耳。惟相公憫察。苟不垂惠，則柳氏之族必也衰亡。開再拜。

與河北都轉運樊諫議書

五月七日，崇儀使柳開再拜，獻書于諫議：

人之事，繫於情極者，無越於父與母也。不以尊卑疏密，可與不可，有往告而必告者，雖得死責，無悔矣。大君子聞之，亦不以其尊卑疏密，可與不可，但能施其力者，亦當不惜耳。况其十年受顧矚，非不爲故舊也。每侍坐左右，燕言無間，非不爲深密也。

開言及此者，以開先父太祖朝乾德三年任監察御史，爲泗州兵馬鈐轄、通判州事，夏五月得疾，卒於官舍，到此歲二十有四年矣。其間仲父〔一〕、叔父、季父、伯兄、叔兄、次兄洎母氏、叔母氏、兄嫂氏計一十五人，相次亡歿，迄今未襄葬事，聚骨郊野，纍纍奈何？

開於太平興國九年任監察御史、知潤州軍州歸，求得知貝州，以其歲月日時將吉，且卜葬焉。至雍熙二年，開爲殿中侍御史。春正月，因同職者以王事忿争，開追削朝籍，得上蔡縣令，其葬事乃罷。至三年，開逐曹帥饋糧伐燕〔二〕，自涿州廻，過闕下，獻書乞從邊軍効死。上念開前罪無大故，情可憐惜，復得殿中侍御史。是歲也，奉使河北。冬十二月，值王師有瀛州之役，連城陷賊。開以河北事機，飛章疾奏，上恕而納之。明年夏，歸。上於文吏中方求將兵者，開與墀、載輩首得預選〔三〕，充崇儀使。秋七月，方在邢州訓練兵卒，急詔令知寧邊軍。所謂奮空拳而冒白刃，坐虎口而斷賊臂也，衆所知耳。柳，宫姓，今年歲得戊子，且利爲葬。開又復得在河北，有上所賜中金可爲充辦，方經營於秋冬以襄事。

今者，開詔替歸京，復不知千里萬里，東南西北而往矣。其葬事，今敢決而爲望哉？是行也，父母、叔嬸、兄嫂氏幽魂白骨共爲厄乎〔四〕？越此年，後得歲在丙申，柳姓始利爲葬，計之有八年矣。八年間，身名禄位，開果自保必存乎？苟先風露，即豈不動大君子哀念之心哉？是開得在河北，即父母親族間葬事可營；開不在河北，即父母親族間葬事不能營耳。

惟明公忠於事君，孝於奉親，義於友朋，惠於人民，所以開敢言而求其力耳。於上所言事必從者，非府主太尉石公不可矣；於府主石公言事必納者，非明公不可矣。開伏見魏、博、慈、相等州都巡檢使歲月過滿，開欲求而爲之。乞明公於府主太尉一言之，望府主太尉一奏之。如此，則開必得在河朔間，於父母親族亡歿者一十五人可爲斂，而今歲成葬矣。是明公一言，而免此八年之晚與先風露之憂，明公豈不動念哉？死者無知，則其已矣；如有知也，豈不陰助明公而致福哉？况開之門有男夫長幼十九人矣，豈知他日無以國士報公者乎？誠迫辭直，公其聽憫。開再拜。

〔一〕「間」，原作「祖」，四庫全書本、《四部叢刊》本、光緒本並作「間」，是也，今據改。
〔二〕「糧」，原缺，據讀古樓本補。
〔三〕「塀」，原作「扈」，據《宋史》卷四百四十柳開本傳改。
〔四〕「共」，四庫全書本、《四部叢刊》本、光緒本作「其」。

與鄭景宗書

唐高祖、太宗始命有司歲考郡縣貢舉人，至昭宗二百八十年間，所得名將名相、賢人哲士、卿大夫，皆自中而出。故延十八世，天下同正朔。縱天寶年後，叛亂時起，而終不失承平基業者，以高祖、太宗能以文取士，盡海内之心如此也。唐之政以文而弊，繼唐者循襲不革，所以梁與後唐、晋、漢、周五代皆不永長。是不識事久即變，不變，即雖帝皇爲道，終難妥泰無事也。春夏秋冬，天地之爲變，成歲時也；盈虧中昃，日月之爲變，成晝夜也。是其爲道者，有其變；無變者，道之失也。

太祖皇帝開寶六年，命今僕射李公考試貢舉人，取士有不能盡。是時太祖方剋意務理，思與前代英主並立，然而刑政德業，世用不變於唐。春，進士徐士廉謀曰：「天子起艱難中，識艱難事。每外聞紆横直捷，爲梗爲利，即薙剗增樹，急如身病。我當上言有司之不良，堙壓忠善，取決於帝。」且伏闕下，求見太祖。太祖夕召，與之見。廉即具道貢舉人事，請太祖廷試之。曰：「方今中外兵百萬，提强黜弱，日決自上前，出無敢悖者。惟歲取儒爲吏官下百數，常常贅戾，以其授於人而不自決致也。爲國家天下，止文與武二柄取士耳，無爲其下鬻恩也。」太祖即命禮部試所中不中貢舉人，列於殿庭試之，得百有二十七人，賜登高第，開幸在其數。後二年，庭試事如六年。

明年，太祖崩，今上即位，庭試事亦如太祖。然其優錫殊任，與太祖絶大。蓋上多文好學，知變而謀久者也。到于今，上凡八試天下士，獲僅五千人。上自中書、門下爲宰相，下至縣、邑爲簿、尉，其間臺省郡府、公卿大夫，悉見奇能異行，各競爲文武中俊臣，皆上之所取貢舉人也。是與唐取士爲用，此變而大者也。唐高祖、太宗用文取士，止於委任有司任之以大小吏職，亦止漸階第進，殊無擢英拔秀，焕視驚聽，朝爲群儒，暮爲群公者。尚能作固宗邦，垂三百年。非如夫太祖納人一言，變古易式，取由朕，棄由朕也。

今上恢闡其道，廣窮俊能；海外區中，良才碩士〔一〕，皆自我得。材智取異，名位取大；傍睨下視，尹、夔、旦、奭，逐逐如兒子輩。即何止於百千萬祀，定其享天下乎！賢賢世世齊天地而爲久耳。古之得一士者昌,「三人行,必有我師」,謂三人爲衆,衆乃可有賢於聖者也。今上已八試貢舉人,得五千人,何古之得一士可比也?三人行,中有聖人之師者,可同也。斯五千人其爲衆也,將不啻倍千於三人之行矣。是知得人之盛,無如于今。

開雍熙四年過大名府,始遇足下,新於上前以文得名,而客來河北,暫得相識。今來南嶺之畔,蒙惠新文,捧讀三四,見足下胸懷藴奥,惠戴民君,志義超遠。足見今上之得士,信不爲不盡材也。

萬事古不能盡,隨日生而多且新也。惟後來者,斯亦不之知也。唐高祖、太宗昔爲求賢,得盡士也。寧知太祖變之,今上成之,特遠出於唐也?吁!譬之拳石出土,不知嵩衡常泰,而後爲嶽祀也;飄灰應候,不知杞梓栝柏,而後成廈材也。廉死卑位,應恨不見於此時。

所示文不敢久留,謹以上納。開白。

〔一〕「良才碩士」,原「良」下空三字,各本仍之,今據四庫全書本補。

上郭太傅書

十二月十五日，崇儀使、知寧邊軍柳開謹再拜，獻書於宣徽太傅旌旗之前：

今月八日，殿直張繼恩走馬賚到雄、霸等諸州軍探到蕃賊排比，恐犯邊境事宜，不同衆狀，轉牒壹道，令開子細探候者。

開本儒官，於兵家事苦不深會。幸逢聖主擢爲近臣，承倚毗於邊方，令扞禦其醜虜；在七擒七縱而未展，於知彼知己以粗能。開昨獨不曾有狀申報蕃賊恐入界者，開緣料得蕃賊此者不來犯邊。其事有五：一天順，二時晚，三地困，四人牢，五勢怯。

天順者何？兵主殺，殺主陰。陰主淒慘寒烈，晦冥昏霾。今冬已來，天日晴暖，郁郁如春，無嚴風，無苦雪，無慘霧。晝夜視之，彼賊上無雲無氣；每每南首而望，我雲如隄如林，橫亘天際，極高極厚。河冰不堅，隨日融釋；大陰夜暈，胡星晝掩。胡國必滅之兆〔一〕。凡兵動有戰，破軍殺將，即天須示變於人。今上天如此，是爲天順。而開所以知其不來者，此爲一也。

時晚者何？高秋草肥，餘糧在野；馬壯弓勁，分路齊驅。若彼時蕃賊南行，堪爲我患。今則歲已暮冬，至春不遠，大兵若動，進退經時。彼若暫來便迴，彼即有害無利，虛成勞衆，無以近人。此是爲時晚。而開所以知其不來者，二也。

地困者何？蕃賊用兵，務食於我。天資皇帝聖智，河北千里内村野間，民家芻粟糧儲，且命並已收拾入城；坡野衆草，燒爇欲盡。彼賊若來，既無輦運，何能贍兵？且以三五萬騎胡兵計之，日用糧草頗衆。攻城池又城池已固，掠村野又村野皆空；久住又計日無可支持，輕行又逐處恐遭掩殺。況其大衆，何以能行？此是地困。而開所以知其不來者，三也。

人牢者何？逐處城池，屯兵甚衆；南至澶、滑，師旅轉多。去年河北軍民所被殺虜甚苦，此來怨懼，在處皆同。怨者怨殺虜於人，懼者懼殺虜到己；皆能預備，例各齊心。緩則逐處宴安，急則逐處拒敵。此是爲人牢。而開所以知其不來者，四也。

勢怯者何？去冬瀛州，我師敗績，彼賊首領乘勝破深州，下武强等縣，將兵遽迴。獨耶律遜寧襲其空虛，破德州、商河縣而去[二]。以其去冬城池不脩，兵甲皆闕；村野無備，芻穀至多，賊兵尚且倏來而歸。今歲河北城壘堅完，四望相屬；戈甲如雲，野無餘食。苟來犯邊，出入須懼。以其去冬尚怯，而今冬豈能勇乎？此是爲其勢怯。而開所以知其不來者，五也。

況皇帝聖神，爲天下主，胡鶵虜婢豈能敵乎？其雄、霸等州軍所探得蕃賊排比，恐犯邊者，必是蕃賊首領北歸，揚其虚聲，張其賊勢，懼王師之襲後，所謂「往而示之以來」之道也。兵行貴詐，古今自同。且以匹夫之事喻之，而可知其不來之理明矣。今有下俚愚人相聚〔三〕，至甚塵微，而尚不肯輕出一辭，輕舉一事以爲他先，而況大國大兵，而肯容易不顧利害而動哉？

不爾者，當是耶律遜寧爲其本主不來犯邊，要扇其事，誘動我師，反惑其主，欲固己之權與位耳。小人懷姦，其心難知。皇王之道，混成如天，包籠四周，俾莫能越。明公贊輔聖帝，掌握精兵，料敵安邊，如古名將。開愚直無識，祇以驚慙，輒具啓聞，望賜悉察。開頓首。

〔一〕「胡國必滅之兆」，原作正文，《四部叢刊》本、光緒本作雙行小注，今依改爲單行小注。

〔二〕「商」，原作「滴」，按，商河縣，屬棣州，鄰近德州，無滴河縣。今改。

〔三〕「人」，《四部叢刊》本作「夫」。

柳開集卷九

與廣南西路採訪司諫劉昌言書

唐滅到今一百年，始見太平。天子考工較藝，求海内多士尤絶者，盡在朝廷，駢駢出頭角，群莫能上。

開常自歎所不及者，以今言之。王著善書，得筆札點畫之妙，召置爲侍書，日在上左右，出入禁闈。賈玄善弈，專黑白勝負之能，召爲待詔，數數對上争博，坐或窮晝。楚芝蘭善占，得爲日者之長。劉翰善藥，得爲太醫之令。越有梓匠，得盡能於佛塔。蜀多方士，得遑伎於道術。至於擊毬擅場，木射中物，有小奇於類者，皆大顯於時。蓋取其所能，而各盡其所妙也。苟不遇上之廣求於人，不遺於物，則此數子果能自異於今乎？上所能知其此數子者，必有力言於上，而上始取而擇其能以爲用也。

開所專於古文者，三十年矣。始學韓愈氏，傳周公、孔子之道，尊尊而親親，善善而惡惡，用之即施教化於天下，以利萬物；不用之即成其書，垂之無窮，要其令名。開於其儒爲文者，庶乎近於古人矣。比之書、弈、占、藥、梓匠、方士翹然出衆者，開亦不媿於前數子，而不得如前數子之遇知於上者，蓋無其大君子力爲開言之於上也。所以每常自歎，至於食無味，寢無寐，居不爲家，存不爲生者。尤念其動得謗，行得毁，以讒以害，屈而莫伸之，所爲困躓顛沛也。嗚呼！豈爲儒不及爲他者哉？此蓋上之未盡知於開之所能也。

前數子皆異端之末，非如開有利國家，活人民，致君如堯、禹，立言如《典》《謨》；用之於兵，戰則勝，攻則剋；行之於事，言則中，謀則成：文武之道焉。彼上猶知而崇用之，高步闊視，幾齒大臣。若大君子有言開而使上知之者，上必以開不下於前數子之爲奇待也〔一〕。

明公乘單車，走萬里，極炎荒之所僻遠，盡耳目之所見聞，爲天子別白善惡之於人，必不使開在於前數子之後耳。若此時明公不爲之言，主上不得而知，即開悲恨爲儒不及於爲他者也，將終身爲終否之人矣。開再拜。

〔一〕「待」，四庫全書本作「特」。

與朗州李巨源諫議書

八月八日，開再拜，寓書於朗州諫議：

歷代充時用爲公相侯王，至下郡吏〔一〕，由辭學進士中出以爲貴。同時登第者，指呼爲同年，其情愛相視如兄弟。以至子孫累代，莫不爲曙比〔二〕。進相援爲顯榮，退相累爲黜辱。君子者，成衆善以利民與國；小人者，成衆惡以害國與民。耳聞目觀，不越于此。

太祖皇帝開寶六年，今僕射李公爲翰林學士，知禮部貢舉事，始有庭試。開幸得與執事於上前登進士第，爲同年者二十有六人。初仕惟狀元宋得校書郎、直史館，餘遭諸州府置司寇參軍，選悉爲之，到于今十八年矣。其間死者幾半，存而居上位者，惟執事特受上知，自諫議大夫得權御史中丞公事。宋得入中書省，知制誥，復不幸宋病風，廢死于家。其餘若開輩，如走巔峰，緣危梯，係係不能上不能下者，其何可俟？髮白顏頹，壯心殆休。獨望執事立朝廷，鎮臺省，以提以翼，同贊聖君。

近聞執事退還爲郎，南逐典郡。噫！斯未知下民多尤，將未受其康濟耶？噫！豈如開輩爲同年者，將困焉終極於此耶？嗚呼！寧視人何易而自爲何難哉？悲夫！人之處世多違而少遂，無他知者，不己知也。混混然若羽逐風，鱗逐浪，寧辨其始來而終止也？得爲賢，失爲愚，其果是而果非乎？紀於策，傳於口者，詳而聽之，今昔豈殊遠哉？

大凡禍福進退，君子小人，必以衆寡爲相勝之道耳。譬如鳥獸草木，翔集叢茂，善惡必其類合矣，異其類疏矣。況朝爲榮，暮爲辱，豈是己所皆爲之哉？有以直於事而曲於不直於事者，而爲己累也；有以忠於上而逆於不忠於上者，而爲己累也；有以理於公而亂於不理於公者，而爲己累也；有以責其名而不責其實，而爲己累也；有以懼於此而不懼於彼，而爲己累也；有以免乎近而不免乎遠，而爲己累也。所好屈之人，而不好屈之於身；好利諸己，而不好利諸彼也。至於相賊害殘忍，相族僇毁恥，終不爲媿。所以古人君子行己有道，正己有方，以禮防之，以信要之，以仁伏之，以義制之，蓋畏於此也。明公度之，是能異於此哉？

朗陵山水清秀，風土稍異嶺表，修閒養和，足樂天真。何爲冒塵埃，衝風雨，出則畏，處則防，以爲己所貴盛耳？相去且遠，相見未期，珍重自愛。開再拜。

〔一〕「郡」，《四部叢刊》本、周柯本、彭本並作「群」。

〔二〕「累代莫」，原作「親屬多」，四庫全書本作「累代莫」，是也，今據改。

與李宗諤秀才書

秀才足下：

賢愚之生，無擇其所處也，惟其人在乎心別耳。文章之所主〔一〕，道也。古之爲學，公卿士大夫之子弟，立身行道，取位與名必用之。後之公卿士大夫之子弟，惟取位爲豐逸之具，乃罕學焉。其學者，非章句淺末之類，求第有司，進明天子者也。學謂立言，垂教，行義，炳炳如古賢君子耳。貴家子少專焉。專之者，惟窮悴孑孑，介特寒士，憤悱之不勝所作也。

貴家子能此者，自漢而下四十年，開能識者，爲足下一言之。周末，故范魯公爲相國，子弟中惟今杲立節好學。相國洎朝之百執事，以至後進群生，皆知而奇待焉。乃至今來以文得名，以文得位，居貧御衆，能偕古人有道，惟杲可尚。四十年中，得相位者僅十家，而其淳誠遺直，材略榮異〔二〕，不貪不佞，巍然有良相之風者，亦惟魯公耳。十家子有亡有存，于今爲世言者有幾？得位齒於卿大夫者于今復有幾？其爲名不時異者與不得位而泯没者，斯無異也。孰偕杲哉？此無他，惟學與不學耳。

去年春在貝州，有幕吏劉去華新拜觀察推官之命，而來郡中。開始見之，辭氣恢然，舉止詳熟。問求其所從來，即具道出於賢尊相公之門下。召與之語，即數數稱足下行事不類於貴家子。言足下出即乘蹇驢，張弊蓋，從小僕，不佩文犀、諸金、貝帶，衣惟純色常服。言不譁妄，心能別是非，有信義，躭學好文。文之辭章，卓異峻拔。居其家，相國多器之；與士大夫、群進後生遊，衆必推尚。開當聞之時，誠欲識足下面耳。今年春，過京師，託進士崔景言之于足下。開所志者，願與足下爲一時之交，非求媚也。直欲與足下使世稱謂歎美以道相得耳。中執憲趙公在魏時，開於今夏中日得奉於左右。常言足下爲今時之後人偉材，將特薦進於上，要足下贊教化，惠邦家，爲天下之雄冠也。

開今來得復舊官，留於京邑，思與足下朝夕游處，各盡其所懷，以其事役劬劬，卒未得相見。數日前，崔秀才袖足下文一軸及《永泰門義井銘》石本一篇見貺。讀之竟日，知稱詠足下者，不爲謬矣。足下之文，雅而理明白，氣和且清，真可貴也。足下若不廢於學，勤勤然，即至於道，其不難矣。名稱禄位必由己立，十數年外，可與杲爲敵耳。貴家子群不能遠望轍跡，況能踵哉？賢尊相公懿德洪業，近年無及，真又與魯公不相上下。是知四十年間，惟足下與范兩家父子爲賢。後之視今，猶今之視昔也。足下惟勉之。開俟足下成之惟速，冀後人仰望足下清塵，知開言爲不佞。

開性直好古，立朝且孤，與之朋遊，罕見其類。志之大者，望於足下耳。所遺文謹留爲好，請無賜罪讓。開白。

〔二〕「主」，《四部叢刊》本作「生」。

〔三〕「榮」，《四部叢刊》本、四庫全書本作「傑」。

與韓洎秀才書

亡友李憲昔年嘗話，辱賢兄侍御厚知，以予好爲文章，數數曾相評議。自予應舉歷官已來，了不得與賢兄相識，而又李憲守之不幸卒於信州治所。余今年自御史謫官到此，累有人言足下好爲古文，趣尚出處，不與俗同。近洪州李顧行秀才自許州來相訪，亦説足下及出足下所作《送行序》示余，聽而觀之，深足貴耳。

因讀孟郊詩，言及足下有盧仝詩數十章。開於十年前，在京城書肆中見唐諸公詩一策，内有玉川生詩約四十餘章，《與馬異結交詩》爲首篇。余尋託亡兄闢，用百錢市而得之。時有鄭州宋嚴從予學文，卒與亡兄相遇，取而與之。至明年嚴死，盧詩没而無復返矣。自後予在江南及來河北，常欲求之，無能有也。

今李生話足下所有，彷像類余昔年市之者焉。未悉足下於人傳之耶？人別有而小異耶？嗚呼！天地間，古今事，學必有以成也，成必有以知也，知必有以傳也。世所好而用者，未必爲久而存也；世所不好而棄者，未必爲終而泯息也。皆莫可極而定之矣，然其善者勝耳。

今欲請足下所有盧仝詩而一觀焉，因得具與足下之故及盧詩之事，用達於左右，可否惟命。開白。

再與韓洎書

世有醫師樂夫、武人匠氏、百工衆伎、商民賈者之輩，傑傑異其徒者，時必名推之。其家之子孫往往力行父祖業，不群類於衆，負而自言之，必曰：「某實某氏之子之孫也。所學所能，能繼若父若祖也。」雖爾不逮其良者，亦見憤然不肯抑于人下也。嗚呼！是亦果有所稱哉！

士大夫王公由文章道德立名居世者，則罕見其子孫繼其能而紹復其後也。不惟不如是，復有敗其家者哉。抑是惟彼徒之業賤而易能耶？我徒之道大而難爲耶？抑是惟彼徒之愚且衆有耶？我徒之賢而鮮得耶？抑是惟彼之徒須力而後衣食，子孫無守而務其生且使然耶？抑是惟我之徒貴富易取，子孫豐其養而墮且使然耶？抑是惟天之多於彼徒，而少於我徒耶？足下思而觀之，古之時與今之時，人能遠於此乎？吁！事之復有甚於此者，有山川土地、民人甲兵、社稷宗廟，不能類先人之烈而致禍亂者，斯不多言耳。

唐有天下三百年間，稱能文者，唯足下與我兩家。開之學爲文章，不類於今者，餘三十年。始者誠爲立身行道，必大出於人上，而遍及於世間，豈慮動得憎嫌，擠而斥之？斯亦未足耿吾懷也。其所喜者，聞足下好爲古文。及近得足下序書讀之，頗有吏部之梗概。所以自念韓、柳氏子孫，與足下幸同出於今世矣。足下其勤而行之，無忘乃祖，勿使不逮於彼之徒也。凡爲文者，皆有意於聖人之道。足下觀夫子之經書，後之人孰能企及其萬一乎？從其門而徒多言耳。矧可棄而從於他乎？怠其誠而廢其功乎？兢兢焉實可自媿也。

盧仝詩非余昔市得之者，今寫訖納上。未得相識，空增永思。開白。

與任唐徵書

辱示詩兩軸，辭調頗切於古人，從何而得至于是者哉？非雄剛畯逸之材，孰能迨此？僕將何豐報於足下也〔一〕？僕之中狹不容物，又與衆異尚，好爲古文，同人相遊，少有合者。雖造我門，未始得入，縱與之坐，談道論義之聲至舌不發。僕非愛惜其言也，其人不知其言，徒致僕喋喋而已。明天子在上，我夫子之道不墜于地，豈能窮餓凍死于僕耶？衆不能知于僕，僕又安能容于衆哉？以至近日却掃窮廬，人絶其跡。

何足下一旦自外地而至，直詣我門？及聽足下之辭氣，有異于他人也。觀其言察其行者，果如是哉？不待見足下之他文，以知足下亦可交之人也。愛我之誠，足下爲多矣。足下所愛也，愛于我也，愛于我夫子之道也。我夫子之道，有識者之所愛也。足下非有識也，何愛于我哉？是夫子之道，果在于我之身乎？足下苟能不易今日愛我之心，化於衆人，使愛于我；愛于我者，則顯親我之身，同我之道。如是，見天下之人皆從于我也，不難矣。道德仁義之所依歸，禮樂刑政之所攸用；國無争殺之虞，人有信讓之風。焕乎！先聖人之德音，浸于民間。謂君后之無爲者，今近于往矣，皆繫于此也。是足下之愛我也，豈小小而已？足下忍不爲我惜乎？誠有望也。不談日久，因足下起僕今日之言，幸甚，幸甚！開白。

〔一〕「豊」，原作「豐」，據《四部叢刊》本改。

柳開集卷十

上皇帝陳情書〔一〕

九月八日，將仕郎、守殿中侍御史臣柳開謹詣東上閤門，拜手頓首奏書于應運統天睿文英武大聖至明廣孝皇帝陛下：

蓋君之視臣，猶父之視子也；則臣之事君，猶子之事父也。古今其貫，家國同塗。苟臣子忠孝之心不違，則君父仁慈之惠無枉。臣今所以言之至此者，蓋陛下於微臣，處君臣之際，有父子之恩。自陛下登位到今，臣荷仁慈之惠非常者多矣，而微臣于陛下即未嘗得盡忠孝之心焉。天高聽卑，望賜詳覽。

臣于太平興國四年，衛尉丞吕鏑舉臣堪充京官，時蒙聖慈，特授臣右贊善大夫。國朝自來舉官常例，所授不越本舉之官。前後覃恩，千百其數，惟臣殊異，超越輩流，是陛下於臣垂君父仁慈之惠非常之一者也。

是歲陛下平晋陽，秋八月，臣從鑾駕歸于京師，不累日間，聖慈差臣知常州軍州事。國朝常例，新升朝官，罕有便得知州者。惟臣不歷監當場務，不經閑慢差遣，便典侯藩，遽當重寄，是陛下於臣垂君父仁慈之惠非常之二者也。

是時朝辭南邁，聖旨面宣，謂常、潤之民苦寇賊之患，令臣剿絶，用洽承平。臣到本州，尋除君惡。明年冬，蒙聖慈特移臣知潤州軍州事。九州之中，萬方之大，凡居文武班列，出領州郡，詔條未有如臣東西爲鄰，疆境相接，去彼來此，爲幸爲榮。是陛下於臣垂君父仁慈之惠非常之三者也。

臣去年與同職不相和叶，爲公事因致鬭争，自貝州知州授上蔡縣令，雖爲貶黜，益認優隆。臣見自來臣寮犯罪貶官者，小則均商羈縻，大則交廣遷逐；無俸禄之爲養，與骨肉以相離。惟臣獲銅墨之榮，在畿甸之側；得家屬而完聚，受月給以豐饒。是陛下於臣垂君父仁慈之惠非常之四者也。

臣近隨天兵，深入賊界，雖則部領糧草，頗亦經涉陣場，見犬戎之猖狂，知邊鄙之捍禦。臣遂陳誠懇，上達冕旒：乞居士卒之先，求以干戈爲用，願展微效，以贖前罪。實不望别改官班，亦不望别承恩遇。陛下驟加雨露，拔上煙霄；授臣以舊官，捨臣之深過；未經郊禋赦宥，便得叙用復資。是陛下於臣垂君父仁慈之惠非常之五者也。

臣自旬浹已來，曉夕思念：陛下於微臣即有君父仁慈之惠五矣，微臣與陛下即未有臣子忠孝之事一焉。臣近瀆天聰，乞效臣節，陛下加臣之恩榮即甚非次，微臣事主之志願即並未伸。臣忝是人，豈無感媿？況臣好學古人行事，又荷陛下聖知，當報答天地之時，有樹立功名之處；令臣若散當差使，在臣見頗是尋常；不能展臣薄材，不能竭臣死節。且四海之内，萬物皆寧，惟有幽州未歸，匈奴未滅。伏望陛下於河北屯兵之地，邊上禦寇之方，賜臣步騎數千，令臣統帥行伍。必能爲陛下出生入死，破敵摧堅；追窮寇於深邊，靖群胡於絶域〔二〕。況臣年今四十，膽氣方高，比之武夫，粗識機便。如此則得盡臣子忠孝之道，得報君父仁慈之恩；縱使身没於戰場，亦得名垂於史策：臣之願也。惟陛下察焉。

臣開頓首頓首。

〔一〕此卷卷首半葉各本皆缺。陸其清鈔本何焯題記云：「《河東先生集》鈔本多譌謬，第十卷卷首相仍缺半葉。」故此卷第一篇標題及前半葉文字一并失去。今據《新刊國朝二百家名賢文粹》卷六八補題目至原闕之「慈特移臣」。

〔二〕「靖」，原作「静」，《新刊國朝二百家名賢文粹》作「靖」，是也，今據改。

在滁州上陳情表

臣開言：

伏以郊天大赦，布陛下至仁之恩；率土咸歡，荷陛下無爲之化；凡居動植之類，盡承霶霈之私。臣開誠歡誠忭，頓首頓首。

臣於淳化二年，爲先知全州日，招唤到粟萬延一行溪洞公事〔一〕，決送軍人吴忠等上京，在御史臺枷禁臣一百二十日，勘責招罪，勒停臣見任崇儀使，追奪臣前任殿中侍御史一任文書。至淳化三年三月，特蒙聖慈叙用，授臣復州團練副使。至四月，又蒙移授臣滁州團練副使。

臣學周公、孔子之道，事唐堯、虞舜之君，孤立無依，薄命多難。但知忠直，不解隄防，致煩宸聰，遂冒朝典。進寸退尺，費陛下提拔之恩；成是敗非，感陛下矜容之賜。獨陛下與臣爲主，不似他人；惟陛下知臣之心，不作私罪。無毫髪之贓污，愛屏除其姦訛。況于蠻夷，並繫軍寨，連群結黨，蠹物害民。本期去彼之根源，不謂陷臣於坑穽；鬱鬱摧出林之秀〔二〕，錚錚變繞指之柔。一千載逢陛下聖明，二十年蒙陛下養育，今來退黜，受盡恓遲。

得請受則雖有其名，賣折色則並無其價。惟將乞匄，以度朝昏。鬚鬢雪染以渾多，骨肉星散而都盡〔三〕。陛下如乾坤之高厚，豈不能容微臣之身？陛下若日月之貞明，豈不能照微臣之意？

雷雨今逢於作解，草木咸慶於惟新；仰君親不報之仁，蘇螻蟻再生之命〔四〕。東風應候，揭雞竿而和煦先春；北闕如歸，拜龍顔而歡呼不日。伏望皇帝陛下，念臣已蒙叙用，又經量移；頗困閑官，久居外地；特迴睿睠，曲軫聖慈；捨臣已往之非，賜臣牽復之命。臣願銘肌鏤骨，守法奉公；臨深履薄以爲憂，慎終如始而知誡；規行矩步，不令其厥足用傷，隨波逐流，永保其上善若水。

臣開無任仰天荷聖俟恩激切屏營之至，謹奉表陳露以聞。臣開誠歡誠忭，頓首頓首。謹言。

〔一〕「唤」，原作「嗅」，《四部叢刊》本作「唤」，是也，今據改。

〔二〕「摧」，原作「推」，《四部叢刊》本作「摧」，是也，今據改。

〔三〕「骨」，原作「賫」，據周柯本、彭本、讀古樓本、《四部叢刊》本改。

〔四〕「再」，原作「禹」，《四部叢刊》本作「再」，是也，今據改。

知邠州上陳情表

臣開言：

臣自太平興國四年，蒙聖恩與臣昇朝官，從駕平晋，到今已一十六年。雍熙四年，蒙聖恩與臣諸司使，到今亦已八年。相次八處知州、知軍，無他人爲臣肯言，獨陛下與臣爲主。臣開誠惶誠恐，頓首頓首。

臣千載逢聖明之代，一生同蹇塞之人；不得在霸府隨龍，不得向御前及第；徒爲散冗，虚抱忠貞。曾學文章，愛揚雄、孟軻之述作；少知兵略，識吴起、孫武之機鈐。與臣同時者，大半淪亡；比臣後來者，盡皆榮貴。惟臣薄命，止及常人；家不免於貧窮，身不免於困滯。今來老大，漸更衰殘。父叔母妻，死不辦於遷葬；兄姪弟妹，生長見於暌離。又無處得立微功，又無處得行直道。埋没外任，憂畏多言。

臣事陛下，乃君乃親；臣仰陛下，如天如地。乞迴睿睠，抽歸神京〔一〕，换臣一給諫卿監之官，列臣在股肱耳目之秩。必能助陛下行非常之好事，必能佐陛下固不拔之丕基；從陛下東封泰山，與陛下北掃胡虜；致人民之安樂，使風雨以順調。苟歷試以無聞，請對衆而受戮。三皇五帝，不如陛下之真淳；百辟千官，少有微臣之愚直。卜際會於今日，望照臨於此心。

東望闕庭，臣無任懇迫激切之至。謹奉實封表陳露以聞。臣開誠惶誠恐，頓首頓首。謹言。

〔一〕「抽」，原作「秋」，據《四部叢刊》本、彭本、讀古樓本改。

上言時政表

臣開言：

以微臣至愚至賤之人，遇陛下至聖至明之主；特蒙重委，差知代州。内省遭逢，深懷驚懼；近於便殿，得對宸聰。承陛下慰諭之言，認陛下睠注之意；蓋陛下未識臣面，是陛下已知臣心；日月垂照臨之私，葵藿展補報之効。臣今發赴本職，去便累年。陛下方纘丕圖，天下争觀聖政。臣有卑見，上瀆聖慈。若有可採之言，望陛下少以爲是；若其無所裨益，乞陛下恕臣罪尤。僭易之誠，死罪死罪。

臣以宋有天下，今四十年。太祖太宗，精求至理。陛下紹膺大寶，爲君知難。若守舊規，斯未盡善；能立新法，乃顯神機。陛下不可不思，陛下不可不作。

臣以益都稍静，望陛下選賢者以鎮之。何賢者？望重有威，群小自然畏服；比諸衆庶臣寮，群望自懸侔擬；責免長縈聖慮[一]，所爲得人即安。

臣又以西鄙今雖歸明，往去未可必保。苟有翻覆之禍，西陲忽被奔衝，陛下須得法能平，陛下須得人能禦。將契丹比議，爲患尤深。何者？契丹則家國久成，君臣久定；知蕃漢之有分，我邊鄙以甚牢；縱萌南顧之心，彼亦須有思慮。伊積恨未泯，貪心難悛；其下猖狂，競謀兇惡；侵邊隅未必知足，任姑息未便感恩。望陛下常先備之，別爲深計。以良將守其要害，以厚賜足其貪婪；以撫慰來其情，以寬假息其念。仍乞陛下多命人使，西入甘涼，厚結其心，爲我聲援。如有動静，使其侵掩，於伊必有後顧之憂，乃可制其輕動之意。

臣又以聖朝兵甲，雖即衆多，不及太祖之時，人人經慣勇鋭。謀臣猛將，況甚相懸。今來師徒，似未閑紀律。所以昔年北鄙，屢遭侵擾之虞；近歲西邊，不聞勝捷之事。養育則月費甚廣，征戰則軍功未彰。願陛下訓練如太祖之時，禁戢如太祖之日。揀選必須於勇敢，指顧無縱於後先；失律者多少盡誅，獲功者虚實無濫。偏裨主將，不威嚴者去之；屯戍專征，申命令而必固。每萬機聽斷之暇，於雙闕深嚴之中，望陛下親臨殿庭，賡召貔虎。使其擊刺馳驟，以彰神武英威。牢籠姦豪，震懾區宇。

臣又以樞密宰相，陛下大臣，委之必以無疑，用之必以至當；銓揔寮屬，評品職官；内即主掌百司，外即分治四海。近年新制，至公全隳，京官、朝官，別置審官；差遣、供奉、殿直，又立三班。主張是如駢指贅疣，亦如十羊九牧。刑部不令詳斷取捨〔二〕，創立審刑，至如宣徽，亦同散地。大臣不爲必信，小臣乃謂必公。若大臣不材，即以罷免；豈可失任，翻似備員。至如銀臺一司，舊屬密院，近年改制，職掌至多。人即加倍添人，事即依舊公事；别無利害，虛有變更。臣欲乞陛下停廢審刑、審官、三班差遣等院，應朝臣、京官及供奉官已下並歸中書、密院、宣徽院管勾差遣，其銀臺司亦令密院依舊主管〔三〕，審刑院公事亦乞歸刑部施行。如此則去繁細之徒，省頭目之處。

臣又以開封府尹，京邑大都，萬方奔會之邦，六合軌則之地，乞仍舊貫，選委親賢。及皇族公主，盡以成長；即本枝而繁茂，但優逸以端居；宜於外郡列藩，各令出守作牧；擇文武忠直之士，爲左右贊弼之人。有分封共理之長，有磐石維城之固；凡主海内郡府，並是宋家子孫；同宗周之强，如炎漢之盛。

臣又以天下州縣甚有闕官，有處即宂長至多，闕處即歳年無補。臣欲乞將天下四千户已上縣選朝官知，三千户已上縣選京官知。仍省其主簿一員，令縣尉兼主簿公事。其通判、都監、監押、巡檢、監臨、勾當、使臣等，並乞酌量省減，免虛費於祿利，兼均濟於職官；慢公與急公者顯明，有材與不材者分別。

臣又以人情貪競，時態輕浮；雖骨肉之至親，臨勢利而即變。八紘至大，九品至多。同事同官，不和不睦；有患難全無其相救，伺閒隙便有於相危；惟懷傾奪之心，全忘仁義之道。臣欲乞陛下明頒告諭，各使改更。庶敦厚於化源，永和平於政本；比屋成可封之俗，群官變君子之風；助聖德於無疆，扇淳風於有截。

臣又以太祖神武之帝，太宗聖文之君，光掩百王，威加萬國；無賢不用，無事不知。臣望陛下開豁聖懷，如天如海；可斷便斷，合行便行；愛惜忠臣直臣，體認姦言姦黨；守清淨之道，叶華夏之心；與堯舜比肩〔四〕，共乾坤合德。

臣久叨末位，漸老明時。昔日荷太祖太宗見知，今日蒙聖主聖恩任用。辭狂理拙，甘俟誅鋤。干冒冕旒，臣不勝戰汗激切之至，謹奉表以聞。臣開誠惶誠懼，頓首首頓。謹言。

〔一〕「責」，《四部叢刊》本、四庫全書本作「貴」。

〔二〕「令」，原作「合」，據《宋史》卷四百四十柳開本傳改。

〔三〕「其」，原作「謂」，四庫全書本、《四部叢刊》本作「其」，是也，今據改。

〔四〕「肩」，原作「扇」，據光緒庚辰本、《四部叢刊》本改。

乞駕幸表

臣開言：

憂國如家，見危致命，乃古人之語，是微臣之心。况忝文行忠信之名，而處官爵衣食之貴；偷安竊禄，端坐旁觀；惟臣耻之，非臣願也。當勝負之未決，有去就而輒言；罔避朝章，望垂聖覽。臣開頓首頓首，死罪死罪。

臣去年蒙陛下差知代州，今夏就差知忻州。每見北界投來人，言契丹排比入界，次第甚大，亦未敢決然信之。伏自八月已來，聞河北邊上，醜虜屯結甚衆，及於雁門、瓶形、寧化軍，侵犯往來。度其姦謀，必未輕退，深慮至十一、十二月大寒之際，併以賊騎奔衝。何者？當深冬嚴凝，王師自南而北，違温就寒也；番賊自北而南，違寒就温也。况王師自秋至冬，散在鎮北定邊，已近百日。飲食蒭粟，非如在家也；城寨村野，久居於外也；衣裘縣褐，不及毛毳氊皮也。所以番賊利在深冬，王師困於深冬也。

矧自太宗平晋之後，番賊數勝於邊；止從近年，不敢南顧。今其來也，其事有三：番賊居北，歲在亥子，以南抗北，是抵太歲。此番賊所恃而來者，一也。自雍熙、端拱年，到今十年也。其番賊當昔虜掠得資産財貨，費用將盡也。今來犯邊者，二也。伏又陛下登位，到今三載，北鄙無事，未嘗相侵。此番賊今來者，是與陛下決勝負雄雌於一舉也。此其來者，三也。

以臣愚見，陛下紹太祖太宗丕基，有四海九州之廣，定天下安危，固大宋基業，亦在此一舉也。若陛下今日能却此胡虜，即四夷八蠻，自此之後畏伏陛下聖神，稽顙臣妾，納職闕庭。豈惟聲教之内姦宄之徒敢二三乎？若陛下今日稍致胡騎侵陵，王師退衄，邊鄙遭其衝突，城寨小有破亡，即臣未見其人也。今日之事，陛下豈可輕之哉？

臣近聞自京至鎮州，修葺行宫，迎候聖駕。臣實聞之，忻躍無已。陛下若行此事，真英雄天子也。臣今冒死乞陛下郊禋之後，慶賞纔行，三兩日内便下御札，克取五七日間聖駕速起，徑至鎮州。躬御虎貔，親逼疆埸；示醜虜以神武，授群帥以聖謀。望陛下勿聽猶豫之談，勿生遲疑之慮。

臣直以近代及聖朝事比而言之，望陛下行之果決。周世宗即位之初，朝廷未甚强盛，河東賊亂，世宗親征，大戰高平，誅戮懦將，中原自此王霸，席卷淮南、關南。及太祖受命之年，李筠潞州造逆，群心未盡歸附，諸侯坐看興亡。太祖親率六師，血戰筠黨，一揮蕩尅，取潞州，迴戈維揚，重進授首。後乃取荆、潭如破卵，降邛、蜀若摧枯；擒劉鋹於南海之濱，縛李煜向金陵城内；戎王款伏，錢俶來朝。洎至太宗太平興國四載〔一一〕，直臨晋壘，取下繼元，行幸漁陽，迴歸鳳闕。並是初臨大寶，親總雄師；順動若雷行，出命如天降。

況陛下承太祖、太宗休烈，過太祖太宗聖明；甲馬萬倍於世宗，臣庶一心於昭代；糗糧山積，玉帛雲屯；日月御名明〔一二〕，天地肅穆；謀臣若雨，猛將成林。内則元老賢相弼諧，外則深溝高壘蔽捍；諒陰三年之外，撫御六合之中；動止無造次之名，賞罰無僭濫之處。大駕如起，皇威益彰；將卒增勇氣於邊陲，犬羊挫兇謀於沙漠。微臣之望，此明効焉。

而又臣所切者，以蕃賊見在定州界上，若聖駕起過河北，蕃賊抽退，即天下皆謂陛下纔起親征，契丹便乃逃遁。此乃陛下聖德英武，如天如神也。若陛下聖駕起過河北，蕃賊未退，沿邊王師聞聖駕北行，人心勇鋭，殺退蕃賊，亦盡謂因陛下聖駕親征，所以能殺敗蕃賊。此又尤彰陛下聖德英武，如天如神之甚也。即蕃賊退與未退，是陛下聖駕暫起，無不利也。

臣又以今未款附者，西鄙也。若今聖駕暫起，契丹退敗，若聞之，亦謂陛下英武，能殺契丹，必自思其己也。豈能抗陛下英武如天如神者乎？是陛下一舉親征，而天下皆伏陛下英武也。以臣思之，即陛下臨御區宇，而今而後，何所不畏乎？

如或聖駕必起，即京城之内，乞委腹心大臣留守之；交、廣、西川、漳、泉、福建之地，各命近臣馳馹以案察焉。如此，則陛下無憂無慮而寧謐也。如或聖駕必起，臣望聖慈抽臣歸闕，乞隨聖駕，仍告陛下與臣精鋭兵士三五千人騎前驅，必獲勝捷。臣潦倒外任，踊躍壯心，罄竭芻蕘，裨贊君父。冒犯旒冕，臣不勝憂惶激切屏營之至。謹奉實封表以聞。臣開誠虔誠切，頓首頓首。謹言。

〔一〕「太平」二字原奪，今據文意補。

〔二〕「御名」二字，應作「恒」，係作者避宋真宗趙恒之諱，今仍之。

奏事宜表

臣某言：

事大動静須審乎天，物大盛衰必繫乎時。三辰明明，所主有程；萬靈章章，所立有常。歷數莫逃，符驗可信；違之益速其咎，順之爰契其理：自然之道也。臣言有所聞，情不敢隱，思欲披露〔一〕，以贊聖明。臣某誠惶誠恐，頓首頓首。

臣於太平興國四年任宋州録事參軍，太宗聖駕在鎮州，抽臣赴行闕。是歲三月二十四日，臣至洺州南旅店中，遇晋人程再榮自鎮州迴，臣問收太原事，程再榮言：太祖水浸河東年，再榮在河東爲僞命殿直，河東主命再榮間道馳入契丹求救兵，到西樓，契丹有宣徽使王白善術數。四月十三日，虜主帳前王白召再榮於家園亭中食，再榮告之曰：「南朝今收敝國，兵甲甚大，敝國危蹙，不保存亡。」王白曰：「子無憂，晋無患。南朝於五月十七日必迴，晋於五月十九日濟大事。」再榮又問之：「此既必迴，後復如何？」王白云：「後十年即晋破，破即掃地矣。」王白又曰：「非惟晋破，而契丹亦衰也。然猶再去一犯中原，飲馬黄河而返。晋破二十年後，契丹微弱，漸至滅絶。此滅不同往古時，滅必無遺種矣。」再榮即離虜庭至代州，後歸於太祖。以言忤太祖意，宣充宋州寧陵鎮將，今爲亳州鎮將也。王白者，冀州人，年僅七十，言事多中。以數之十年也，晋必破矣。

臣開至行闕，授贊善大夫，從太宗四月抵晋壘，五月六日繼元歸命，太宗即焚掘其邑，晋果掃地矣。太宗征漁陽旋兵，雍熙丙戌年，命曹彬伐燕不利。是年冬，虜報復，王師敗績於河間。虜乘勝，明年春，破德州，抵黎濟寨，届于黄河而退。

臣以程再榮昔話王白之言，開寶二年五月十七日，太祖不尅并州而迴，一有驗也。復言河東後十年必破，至太平興國四年五月，果十周年，晋壘平，平而壞之，是掃地矣，二有驗也。又云契丹再去一犯中原，飲馬黄河而返，當雍熙丁亥年春，虜破德州，抵於黄河，是三有驗也。又云晋滅二十年後契丹微弱漸至滅絶者，臣以太宗平晋年，歲在己卯，今歲在已亥，二十一年也。此來契丹興兵無名，以夷犯華，其理皆逆，非天助也。大凡兵爲凶器，聖人所誡：用之除害，不可以害人；養以防亂，不可以亂舉。中國之君躭而玩之，猶爲不善，況夷狄乎？

且用兵之法，必審天、地、人之道，以策得失〔二〕。出師所忌，日月交蝕，先舉之國，咎必當之。今歲九月，太陽太陰朔望之辰，俱有災變，懸象在上，著明示下，契丹先舉，必受其殃。所謂失之於天者也。保州、定州城寨相望，王師環列，其衆且多；瀛、鄭已東，各阨要害；所入既隘，所出必難。隨駕精兵，已次貝、魏，彼進無大獲，彼退無善歸。所謂失之於地者也。而又牝雞司晨，女主專政，腥穢盈溢，夷夏聞知。韓氏弟兄，執權擅國，尤從近歲，不道益多，黷武窮兵，侵鄰虐衆。東征倭國，以喪其徒；南伐高麗，不勝其弊。將新集之衆，犯中土之司〔三〕，無勁悍之渠魁，無雄傑之將佐，所舉仍舊，所行復稽。陛下登位以來，皆遵法式，上下輯睦，歲稔民安。風雨順調，賞罰無濫；外絶陸梁之輩，内除姦慝之臣；四海晏然，百官允若。謹戢疆吏，不使侵漁；諒陰三年，克終孝道。而契丹合扣塞門而納款，望帝闕以歸心。豈可擅率犬羊，强陵邊鄙，深掠生聚，大肆奔衝？所謂失之於人者也。以臣度之，契丹有三失之尤，陛下有三得之美，臣所以知其不可。而程再榮稱王白所言：河東破二十年後，契丹微弱漸至滅絶者，此其始而萌之也。

夫有强必有弱，有盛必有衰。惟彼北戎，於我中國，處陰陽定位，居南北異方；彼弱即我强，我衰即彼盛。當唐室之季末，始契丹以縱横；阿保機僭位稱尊，韓延徽亡命作相；署置官號，興建都城；據北土以爲雄，幸中原之多故。爰從晋石割遺幽燕，迄至今時，將及百載。豈有長盛之國？豈有久强之邦？況乏德義之稱，惟蓄豪猾之志。皇朝應運，帝道臨民；顧彼元兇，不及乃祖；恭惟陛下，實邁前王。是彼弱我强之時，彼衰我盛之日。

今來陵轢諸夏，以激怒群心，上帝必降於明威陰譴，寧逃於傾覆？禍既盈而惡既稔，衆須叛而親須離；内難作即篡弑興，大兵臨即群黨散。復燕薊之土，收雲朔之城；碎木葉之山，平摘星之嶺；破榆關而直進，渡灤河以長驅；焚穹廬毳幕於窮荒，縛孺子彼婦於絶漠；雪前世之恥，成明代之功。

而臣願陛下克儉克勤，至明至察；去不急之務，省無用之方。節聲色以娛心，專道德而爲意；慈惠以育萬物，照燭以周八紘。無以珠玉爲珍，但以穀帛爲實；凝聖慮上通於天意，廣聖澤下悦於民情；忿逸樂恐生憂危，思艱難長爲鑒誡。勿聽浸潤之譖，勿狥依違之言；勿近諛陷之人，勿害忠正之士；似是而非者須辨，有始無終者莫容。選賢任能，訓兵練將；求韓、彭、孫、吴之輩，訪蕭、曹、房、杜之流。直言極諫者，與厚禄高官；多謀有智者，與清資近位。能操執者，必加委信；見的確者，必爲施行。衆憎嫌者，慮是强明之材；衆援引者，慮是佞媚之子。屏怯懦迴邪之黨，舉沉滯厄塞之賢。兵刃不銛利者精修，戰騎不勁健者慎選。篤責游惰，勸課農桑；驅除輕浮，敦尚淳樸〔四〕。紹太祖之神武，繼太宗之聖文；高拱紫宸，永焕青史。如此，則蠢兹螻蟻，何足堪憂？薾爾腥羶，豈能爲患？

臣無該博之識，無宏遠之謀；親聞程再榮之語言，竚看契丹國之微弱；今覩萌兆，即俟滅亡。輒具啓陳，罔避尤悔，干冒旒冕，臣不勝戰汗激切屏營之至云云。臣某誠惶誠恐，頓首頓首。謹言。

〔一〕「思」，原作「忍」，四庫全書本、《四部叢刊》本作「思」，據改。

〔二〕「策」，叢書堂本、《四部叢刊》本、周柯本、彭本作「察」。

〔三〕「司」，叢書堂本、《四部叢刊》本、讀古樓本作「師」。

〔四〕「敦」，原作「孰」，四庫全書本、《四部叢刊》本、光緒本並作「敦」，是也，今據改。

柳開集卷十一

皮子文藪序

讀皮子文，其目曰「藪」。凡藪者，澤也，又曰淵藪也。以其事物萃集之也。古國之大，各有藪焉：魯大野、晋大陸、秦楊陓、宋孟諸、楚雲夢、吴、越具區、齊海隅、燕昭余祁、鄭圃田、周焦護，皆爲藪也，謂是地之廣，故以名之也。魯、晋、秦、宋、楚、吴、越、齊、燕、鄭、周分里之不同，各名以異之焉，然一天地矣。予謂皮子之名「藪」也，疑爲以其文之衆，作之藪也。又疑爲若魯、晋、秦、宋、楚、吴、越、齊、燕、鄭、周，以其文之類不同，各爲「藪」也。是文之類雖不同而曰「藪」，亦若魯、晋、秦、宋、楚、吴、越、齊、燕、鄭、周之藪，雖異而總一天地也，都以文而統之，是曰「文藪」也。

疑而愛之，觀其首又無所序説，遂盡而讀之，見其「藪」之爲意也。《霍山》爲賦之藪，《首陽》爲碑之藪，《隋鼎》爲銘之藪，《易商君傳》爲讚之藪，《周昌相趙》爲論之藪，《陵母》爲頌之藪，《心》爲箴之藪，《移成均博士》爲書之藪，《三羞》爲詩之藪。藪之于文不可盡舉，若《九諷》《十原》《決疑》《雜著》之類也。約其名幾尤者，例而取之也。謂賦下題名也。大野之下，國之藪焉；《霍山》之下，文之藪也。

孰謂《皮子文藪》之義不曰是乎？將不曰是，即不在此而在于彼也，傳者得以取其義焉。

五峰集序

讀夫子文章，恨《詩》《書》《禮》《樂》下至《經》遭秦焚毀，各有亡逸，到今求一字語，要加于存者，無復可有。况其盡得之乎？又念漢獲壁間科斗書，以編簡斷裂，巫蠱事起，不能比類尋究〔一〕，深爲痛惜。聖人没，其言無得而更聞，譬猶登丘望天，遠不見者，其何能盡？亦何能知？游秦止隴，寧窮京邑之壯觀哉？至於他美餘珍，半存半失，心自有愛，曾是無思？

淳化二年春，開自桂州詔歸京師，遇王次聖自交州使還於衡山廖晝家〔二〕。次聖，廖之出也。廖世善詩，爽於梁朝。當馬氏有湖、湘，得衡、永州刺史。子男十人，圖善七言詩，凝善五言詩，立語皆奇拔。凝後入江南，歸李璟，其詩得聞於朝。圖值馬之子不嗣，兵興國亂，多所散墜。開因次聖求圖詩於晝，得殘缺僅百篇，昔人朱遵度序之，爲《五峯集》。

閏月，晝抵潭，授余諷之，篇篇可愛重，恢然言胸臆間事，近世無比。事凡無大也，無小也，能有道，則幾乎君子矣。若圖詩，可令人痛其遺逸哉！擬之經雖不倫，然觀其存而思其亡者，皆必有理。念之足以少見余心也，因之得以及於夫子也。噫！時無賢，將爲辭以共歎；時有賢，其如生不能使盡其材，死復喪其事業。

圖，晝祖也，仕馬氏爲天策府學士、道州刺史。晝之下學其業者餘十人，以是廖之族足爲詩家流也。

〔二〕「比」，原作「出」，四庫全書本、《四部叢刊》本作「比」，是也，今據改。

〔三〕「晝」，原作「畫」，據叢書堂本、周柯本及後文改。

昌黎集後序

世謂先生得聖人之道，惜乎不能著書，兹爲先生之少也。當時之人，亦有是語焉。余讀先生之文，自年十七至于今，凡七年，日夜不離于手，始得其十之一二者哉！嗚呼！

先生之時，文章盛于古矣，猶有言也以過于先生〔一〕，况下先生之後至于今乎？是謂世不知于先生者也？

夫子之于經書，在《易》則贊焉，在《詩》《書》則删焉，在《禮》《樂》則定焉，在《春秋》則約史而修焉。在《經》則因參也而語焉，非夫子特然而爲也。在《語》則弟子記其言紀焉，亦非夫子自作也。聖人不以好廣于辭而爲事也，在乎化天下，傳來世，用道德而已。若以辭廣而爲事也，則百子之紛然競起異説，皆可先于夫子矣。雖孟子之爲書，能尊于夫子者，當在亂世也。揚子雲作《太玄》、《法言》，亦當王莽之時也，其要在于存聖人之道矣。

自下至于先生，聖人之經籍雖皆殘缺，其道猶備。先生于時作文章，諷頌規戒，答論問説，淳然一歸于夫子之旨而言之，過于孟子與揚子雲遠矣。先生之於爲文，有善者益而成之，有惡者化而革之，各婉其旨，使無勃然而生于亂者也。是與章句之徒，一貫而可言耶？且孟子與揚子雲不能行聖人之道于時，授聖人之言于人，故所以作書而説焉。觀先生之文詩，皆用于世者也。與《尚書》之號令，《春秋》之褒貶，《大易》之通變，《詩》之風賦，《禮》《樂》之沿襲，《經》之教授，《語》之訓導，酌于先生之心與夫子之旨，無有異趣者也。先生之于聖人之道，在于是而已矣。何必著書而後始爲然也？

有其道而無其人，吾所以悲也；有其人而人不知其道，益吾所以悲也。若先生者，不有人不知其道者乎？吾謂世不知于先生也，豈爲誣言也哉？

〔一〕「猶」，原作「獨」，四庫全書本、《四部叢刊》本作「猶」，今據改。

送臧夢壽序

或曰：「君子有求乎？」曰：「有于身不可也，于道可也。」曰：「求益乎？求用乎？」曰：「未達則益，達則用。譬乎造舟于陸，完矣，時濟于川矣；闕矣，將給請材以備矣。」曰：「有是乎？君子求之哉？堯舉舜以代天下，舜登而舉十六相以理，求之歟？」曰：「君子求之也。舜乎，十六相乎，咸求也。時用之，求也；時不用之，固求也。」曰：「我聞舜與十六相也，不曰有求，子何曰求乎？」曰：「德以求之，隱而在下，國有道也。孔子旅于七十，國無道也。」

曰：「君子于物，貴惡比？」曰：「如彼質玉也。」曰：「質玉處于石，工者採之，以備乎圭璧，玉不求之也。如若玉，君子何求乎？」曰：「礱錯以成其器，沽而售之，工視利也，故求也。玉以德，工以利，時哉！時哉！逆順皆然也。君子不求則以德，求則以身，道以由于身者也，身用則用矣。求而不得者有矣，未有不求而得之者也。」

曰：「我聞夫臧子欲之遼，有求乎？」曰：「求也。」曰：「求于國若何？」曰：「有道也。」曰：「有道也，何之行而不隱乎？用之，不求也；不用之，求之也。」曰：「然亦有矣。趣也異，成也同，及得之，一也。且遼邇于晉，晉敵也。恃險以怙兇，違順以習非。遼以禦其衝，晉以防其討，兵甲之害，曰及民命。臧子于遼守也，將勸義以使革其心，將結信以使斷其姦；道欲化于遼而來于晉，德乃施諸身而聞諸天下，待乎用者也。求之矣，君子也有求矣。臧子之行也，然矣。何謂君子無求也哉？」

送陳昭華序

王者不出，刑政弛焉，則戎狄蠻夷盛，而交侵于中國矣。聖人既没，禮樂弊焉，則楊、墨、老、佛盛，而交亂于大道矣。子見治于國乎？由王者在其上也。戎、狄、蠻、夷是能侵之乎？嗚呼！大道獨不明乎？聖人没也久矣，禮樂弊也亦久矣。爲人者，或楊，或墨，或老，或佛，交亂而滿天下。大道猶中國也，楊、墨、老、佛猶戎、狄、蠻、夷也。國治而道不明，楊、墨、老、佛固侵亂也。

孰謂吾無能哉？於數君之言，知我者無能耶？能力于大道者一日，終身斯足矣。

數君之言于我，曰有是也。子之言于吾，亦曰有是也。吾不自知其己之是與非矣。數君之言何相若也？子之言又何若于數君也？謂吾復于聖人之道，則楊、墨、老、佛之害未去矣，是能果復其道哉？

子曰：「見義不爲，無勇也。」我爲子當用力于大道焉。然子聞兵陣乎？能有勇，衆輔之，則勝于戰矣。吾猶陣也，斯有勇焉，先將舉其力而斃其楊墨老佛。子與諸君苟念其惠我之言而輔于吾，復于聖人之道也而後必矣。

子往見諸君，爲我告之如是也。

送李憲序

世論韓文者，有愛之名，無誠用之實。故談古道，各各不相推讓，自作氣意，大負于人，未知于己真何如也。嗚呼！口是而心非之，我所以不取也。李生所謂不得喜于衆者，蓋真好于韓文者也，非口是而心非之者也。我常思生之言，無患其道不行于人，文不顯于時矣。

生從何而得？于我不期生之知也，生不期我之相若也。一日忽見道相同，文相似，豈有爲生與吾各先容之者乎？君子坦然于所爲作之，而不憂其不行，固在合古聖賢人之用心，不以世之浮沉移于德而已矣。遇其類者，自然感而相應也。君子小人，各有其道，道同者，果知己矣。天下至廣也，無謂其無人也。我道至大也，無謂其無好古者也。且生未識吾時，生豈果以類生者望于吾乎？務于德而勤行之，累累出于世間，必有合之者也。

天生人，善者少而不善者多，不善者所以爲善者之資也。苟善者多而不善者少，則何用見其爲善者之大乎？又安知其生與我也，終不爲不善者所資之耶？

夫脱然與衆之異見者，固有成也。縱于今而不得之，必于後也在矣。生無戚戚而自憂之，可也。道乎懸于天而不可期，命乎懸于時而不可知。能期之與知者，在于吾之所欲矣，守之而不變也。孰能慮其餘者乎？李生勉矣哉！無以世爲厚而己爲薄，終吾徒也。

送程説序

樂之中，琴爲貴，君子多尚矣。古之時，聲隨己出，以舒其悲怨喜懼之心，聽之者知其然，于以察夫民之情，國之政矣。

今之人即異于是，舉世而能者鮮矣。能之者，非能舒夫心以出乎聲也，蓋能習乎古之遺聲也。其或真僞之不分，節數之無度，復斯多矣。是若廢之者乎？或不幸而有好之者能習焉，當其發而鼓之也，見而來觀者，百無一二矣；觀而能聽者，幾人焉；聽而復能知者，固加少矣。是以習于是者日怠其功，好于此者時微其學，益至乎浸削矣。況能感誠以變其聲，作音以述其志者哉？是以好而能者，始即樂其習焉，終乃傷乎己之莫若其不知之也。

或有夫觀而能聽者，聽而能知者，知而願學者，進于其能人曰：「吾請子以師焉。」朝乃以傳之，暮乃以傳之，至夫善紀而不遺，敏問而不休，即能者反懼彼之如己也，復不爲之盡焉。噫！是亦人之媮薄者乎？貴己而賤彼之所作也。致夫今不迨古，亂斯由也。嗚呼！甚矣哉！有能善聽者于世也，己尚貴之，若莫可得也。能來師而進習焉，忍不爲之竭己以授彼乎？何好虛而惡實，務姦而鄙正之爲矣？

予學之于是也，但未知乎己之後，能異世而有如也。斯務求以習焉，程子良于此者也，予得請之。

今行將告別，予敢言之，以慮後有進于子者，慎無如吾譏之説者也。

柳開集卷十二

送高銑下第序

命之短長懸乎天，道之屈伸繫乎時，德之尊卑由乎己，名之善惡存乎人。所謂懸乎天者，壽與夭也，知其命而可自信矣。所謂繫乎時者，用與捨也，專其道而可自任矣。所謂由乎己者，吉與凶也，務其德而可自擇矣。所謂存乎人者，毀與譽也，慎其名而可自混矣。自信而不惑，自任而不廢，自擇而不怠，自混而不固者，聖人之徒也。

不惑則樂天，不廢則隨時，不怠則勤己，不固則順人。能樂乎天則無憂，能隨乎時則無患，能勤乎己則無闕，能順乎人則無過。樂天者以仁，隨時者以智，勤己者以信，順人者以禮。仁以齊之，能齊之者，豈有虞于命哉？是曰無憂也。智以經之，能經之者，豈有害于道哉？是曰無患也。信以誠之，能誠之者，豈有疑于德哉？是曰無闕也。禮以待之，能待之者，豈有損于名哉？是曰無過也。

若渤海高生者，備于四者也。柳子聞之，曰：「高生能以仁樂乎天，命之短長也，信其壽夭。」曰：「予何憂？」予曰：「固何憂矣，子必壽矣。」又曰：「高生能以智隨乎時，道之屈伸也，任其用捨。」曰：「予何患？」予曰：「固何患矣，子將用矣。」又曰：「高生能以信勤乎己，德之尊卑也，擇其吉凶。」曰：「予何闕？」予曰：「固何闕矣，子本吉矣。」又曰：「高生能以禮順乎人，名之善惡也，混其毀譽。」曰：「予何過？」予曰：「固何過矣，子難毀矣。」

天若不壽子，則子喪，而吾亦喪矣。時若不用子，則子阨，而吾亦阨矣。由乎己者，內求其實也，自我而專之也。存乎人者，外貴其華也，自我而取之也。若今之有司枉子者，命、道、德、名之末耳。虞子之心，不在于是，是亦不足極之也。

勉乎哉！高生！天下囂囂，其誰知子？微我則無此言以告于子矣。

送姜涉序

古有不得位而憂于國者，聞其名焉；今有不得位而憂于國者，見其人焉。姜侯詔賢良而未用，不得位者也；伐汾晉而陳謀，憂于國者也。野服而干政，文弁而計兵〔一〕，柳子謂姜侯君子也。

凡國有大事而預謀者，卿大夫之任也。卿大夫賢于己而忠于君，愛于民而善于戎，居位而能之者有矣，不能之者亦有矣。能之者，皆莫能備耳。或獨賢于己，或獨忠于君，或獨愛于民，或獨善于戎，由謂之爲大勳也，而復繼以重位以崇之，策以盛名以褒之。卿大夫所宜任而有之者，尚以貴之，况不得其位而能之者乎？不得其位而能之者難矣，况不得其位而備之者乎？

姜侯進無懼色，退無怨言，豈不謂賢于己乎？直言非訐，極諫非訣，豈不謂忠于君乎？求施于政，將盡于誠，豈不謂愛于民乎？臨敵以謀，畫奇以變，豈不謂善于戎乎？是姜侯不得位而能之也，備于卿大夫矣，異于卿大夫矣。

卿大夫得位而居任，獨能而不備，尚以酬而勞之，貴而推之，况姜侯不得位而能備之也？未知國家用何以賞其人矣。是姜侯不患負于國家，惟國家患報于姜侯也〔二〕。何如哉？

〔一〕「文弁」，四庫全書本作「弁文」，《四部叢刊》本作「棄文」。

〔二〕「姜」下原衍一「姜」字，今删。

贈麴植彈琴序

我聽子之琴，實聞其聲，不能知子琴之音也。獨坐永日，泠然不休。嗟乎！我是病於子矣。子本謂我能知其音〔一〕，將欲宣其心而達其志也，豈徒然乎？爲子我悲矣，不幸因子琴之悲，而竊自感而自悲也。子果能爲我而聽其言乎？

子之琴，有似于我之文也。力學十餘年，非古聖賢人之所爲用心者，不敢安于是。學成而業精，行修而德廣，希于古之知己者，不可從而見也，徒勤勤而至于今矣。尤乎人不我知，誠之而莫所遂其求也，甘自放于東郊矣。聽子之琴，感我之悲也，亦將自尤而自責矣，又何外尤于他人乎？始自求于人，今知己之爲過也。棄俗尚而專古者，誠非樂于人而取其貴者也。獨宜其自知而自樂矣。

用是而得與子言乎？子以琴之能，見於我也，將謂我能識其音而辯其功矣。我豈果能專爲子識其音而辯其功乎？易子之願也，我亦如是矣。我聽子之琴，尚不能識其音而辯其功矣。人豈反能觀我之文也，而能爲我行其言而盡其道乎？故知人不我知者，亦無尤也，與子務于古者也。知之者不足取于外也，誠乎己而已。

子聞此之言，固亦信我之感而悲不爲妄也。子試爲我而思之，將見子亦嗚嗚而不禁矣。

〔一〕「其」，原作「孔」，據叢書堂本、讀古樓本改。

送馬應昌序

天下有道，則吾子出乎世，故名曰應昌，得乎名而已矣。其文近于古，雖本能全似于我，求之於衆，亦不易得也。己酉自京而來，以道德文章期于我與其進也，我豈異哉？

至壬辰，得八月留我之家。問其居，曰「四海間旅矣。」問其先，曰「死于兵矣」。問其家，曰「盡于兵矣」。因泣下，曰：「予之先，儒爲業。始予生八歲，會兖叛周，句。天子伐之，盡血其民，與去聲。其帥不與其帥者無擇焉。予以幼，得遁而免。後游于洛，知有文章，遂走天下，求其人以學之。近歲得其季隱言于江淮間，亦命儒其身。今幸文稱譽衆人之口，將求試于有司矣。」

予因憫而謂曰：「天使兹儒明其道也，故善人存焉。子不死于兖之兵，是子之命也。幼孤其身，長能從師，以儒其業，是子之行也。得其季，字之若己，是子之孝也。出逢文明代，是子之時也。嗚呼！有如是，將見子貴且富矣。苟能不以外物易今日之心，實我之徒也。」

子告行于我，故作序以送子。

送任唐徵序

不苟于利者，爲儒之良也。自古多以禮貌飾詐，中心姦欺，富貪于身，而忘其道也。孰能恥之？任生貧，不患于世，曰：「我患于道也。道苟貧，不獨我身之困矣，將天地之人民亦困矣。」

歷于魏，魏之人不知生之意若是也。生將行，皆出金帛，用實于生之囊間。予自旁而笑曰：「愚不肖以財爲重，異乎吾之所重也。」囂囂徒多贈夫粟帛而已，予豈效其尤而使復累于生之心乎？

予有異世之寶，舉天下之人，莫能得之，用贈于生之行矣。夫天下所依之寶曰道，天下所歸之寶曰德，天下所愛之寶曰仁，天下所利之寶曰義。義以制之，仁以居之，德以尊之，道以守之。生苟于吾四寶之中，能取其一，用富于身，則生之名與德，萬代之下亦無其貧矣。安惟濟以一肴一卮之費乎？

生其爲我愛之，無致他人之來盜其寶也。則生之行也，何有于貧乎？

送仲甫序

仲甫請于予曰：「今將仕焉，求之得濟乎？」

將行，予謂之曰：今之仕者，不及古之仕者，仕之實難也。借于人而不專于己，故自視不能信其行，自聽不能信其聲，以至乎借于人之耳目也，任其所以。嗚呼！行修而借視，得其盲；聲大而借聽，得其聾，則惑于汝也，奈何乎？夫盲者不能自別于形，聾者不能自審于響，必藉人而始知矣。汝將進于時，若借于人而視其行，借于人而聽其聲，得于盲之與聾也。

則人之視聽者，非在盲于目而聾于耳，盲與聾在于心也。心苟不能分汝行之善惡，目雖覩而不若其盲乎？是目雖不盲，而心使之盲也。心苟不能察汝聲之遠近，耳雖屬而不若其聾乎？是耳雖不聾，而心使之聾也。汝苟借得其盲視汝之行也，必在更于人而視之矣，豈能專謂汝之行修乎？汝苟借得其聾聽汝之聲也，亦在更于人而聽之矣，豈能專謂汝之聲大乎？心盲者甚于目之盲，心聾者甚于耳之聾矣。如是，干于時得不難也？若借視于人而求其明，借聽于人而求其聰，如此，則彼人者自視未能明于心，見其己之行修也；自聽未能聰于心，聞其己之聲大也。又安能視汝之行也，明于見而識其修乎？聽汝之聲也，聰于聞而知其大乎？世之明于視而聰于聽者，鮮矣。縱能明于視而聰于聽，則姑自視其修而自聽其大矣，豈暇視汝之行而聽汝之聲也？宜之乎！今之仕者，不及于古之仕者也。汝欲仕乎？試往觀焉而後動，知吾言之可否矣。

送高銑赴舉序

柳子自謂得聖人之道，好聞人勤其心而專其學者，求其進而安其至者。嘗曰：「時之將幸也，我道行之；時之不幸也，吾道去之。」在于天耶？在于人耶？若果在于天，豈不好時之長幸耶？如不好，天其否而已矣。吾將謂不在于天，而在于人也。苟君天下者有德也，行吾道者用之矣。君天下者無德也，則我先師夫子，昔生周末也，何嘗能用之哉？由將用之，則天下之人皆若七十子矣。宋因于《周禮》取文武之道，則而行之九年，萬方畢來，歸我太平。

會八月，柳子病起東郊，來入于魏，得其人言：「宋之同姓大夫逢掌文衡也。」柳子知大夫之爲人公且直也，天子今能用之。又言渤海人銑求試于京尹矣。柳子喜而頌曰：「熙熙乎！煌煌乎！道也將行乎！我也將出乎！時也將幸乎！」

子野、叔達、季雅從，語三子曰：「余爲天下樂得其良有司也，賢者進而不賢者退矣。二三子，汝知之乎？渤海高生，斯其賢者歟？上以得其人，下以得其時。吾將與汝永歌而同歸吾之東郊，可無辭乎？」

柳開集卷十三

祭知滁州孟太師文

淳化三年九月二十五日，團練副使、金紫光禄大夫、河東縣開國男柳開，謹以庶羞清酌之奠，致祭於太師滕國公之靈：

太祖神武，開闢區宇，西吞蜀土。公之先王，納款歸疆，以覲以亡。公魁衆嗣，彼居宅貳，來偕奉侍。乙丑直歲，邦云殄瘁，於今一世。南越濱海，限嶺作界，劉亦旋敗。金陵跨江，地廣物厖，摧城始降。帝聖統乾，興國紀年，晉壘以顛。華往失道，莽然如草，分圻專號。荆潭杭閩，雖據且臣，不討已賓。四征盡來，上恤而哀，仁焉丕哉！

三家有子，莫踵公趾，或卑而稚。公初届京，虎節龍旌，載錫載行。泰山崇崇，天子命公，爰鎮於東。甘陵十載，遺政如在，吏民攸賴。去臨中山，塞堞閑閑。胡馬北還，退假近垣。河流若奔，滑臺乃蹲。日出日處，有伸有屈，寧滯乎物？漏停終夜，箕哆南舍，翰飛斯化。惟沸之泉，因流即川，驚波漲天。永陽地僻，褊淺荒斥，公莅養疾。適摧高堂，縞衣成行，茅復新喪。悠悠難憑，人生可憎，公斯又薨。

悲今念古，宛如鹿蘩〔一〕，風來即去。譁然笑言，倏矣何存？事寧可論？以昇即趨，以降即驅，公獨異諸。開之在譴，公視眷眷，憫予無倦。忽然而殂，零然而孤，如飢失哺。惟禮有制，怠之爲棄，頽光日逝。愛不能留，哀不能收，公其惟休。

酒焉在卮，心焉在辭，公知不知？嗚呼哀哉！伏惟尚饗！

〔一〕「鹿蘩」，四庫全書本、《四部叢刊》本作「塵聚」。

内供奉傳真大師元藹自寫真讚 并序

藹公來自蜀，以寫真事求見上，上愛之。自上而下，王公、卿大夫、士聞于時者，皆寫之。上命曰：「若能自寫乎？」曰：「能。」既成，覩曰：「善。」柳開見之，爲作讚，云：

他人寫真，能寫他人。藹公自寫，如他人也。凝睇隱默，纖無差忒。至藝天與，邁今超古〔一〕。立名宋朝，萬世之標。

〔一〕「邁今超古」，叢書堂本、《四部叢刊》本、彭本作「邁古超今」。

真讚 并序

淳化四年，開爲藹師自寫真與作讚，藹爲開自作讚與寫真。讚曰：

仰匪高，俯寧厚？識寡偶，志難就。東西師，溪巖友。審形儀，非妍陋。聖如知，慶無咎。

五箴 并序

柳子志近于古人，異乎時俗之所聞見，欲明其道也，人皆忽焉，作《晦箴》。柳子每作事，慮其不思而有所以失，作《思箴》。柳子言：「居者，以居於世也。」病乎人有同其事而異其心也，同者即與居之，異者即與去之。作《居箴》。柳子病淺，無淵大之德，使人目而見之，輕而習之，卒成小人也，君子之棄耳。作《淺箴》。柳子好直，人有過者，以直言攻之，使易其不善而格於善。衆不克從，反謂狂野。懼以直得辱，作《直箴》。其大意復言於後序。

晦箴

道之明，有時而明。道之晦，有時而晦。維晦維明，與世謙盈。明不可苟，晦不可捨。苟之則妄作乎中，捨之則患生其下。故聖人有云：用行捨藏者，惟我與汝也。

思箴

動静以順，思而爲正。苟若不思，汝所以病。汝謹其心，庶事咸欽。出之與處，必思其故。默之與語，勿使於誤。機思於密，所發不失。行思於修，惟汝之休。道思於勤〔一〕，姑德之鄰。思執其志，思端其容。思而思久，君子之風。

〔一〕「勤」，四庫全書本、《四部叢刊》本作「謹」。

居箴

不我之徒，何所與居？小人爲誠〔一〕，同利異謀。異謀之大，彼相賊害。雖與父兄，亦僞其情。能人其面，能獸其心。汝若是也，我愧乃深。不與汝處，不與汝語。

〔一〕「誠」，原作「誠」，四庫全書本、《四部叢刊》本作「誠」，今據改。

淺箴

山之淺，松柏不茂焉。水之淺，蛟龍不生焉。世之淺，忠良不輔焉。人之淺，道德不存焉。淺之若是，我所以棄。

直箴

夫子有言，直近于仁。以直化衆，先直其身。排斥昏佞，是非歸真。直而不剛，汝奚以云？小人不知，反以爲狂。訾言成市，嫁患其良。於乎小人，予心其傷。得直而直，斯直孔碩。直之在曲，斯直反辱。爲直之義，我有厥理。

後序

知機而不能變，不神也。有患而不能遠于己，其爲愚不肖也甚矣！聖人所重者，機見于未兆，患窒于未亂，終百歲而考天命也。胡云哉？余自謂得聖人之道，游於畛域之中，雖未列軻、雄之間，亦與世異尚也。身遠于位，言之民未信也，化之民莫從也。病阨于鄉之中，鄉之無貴賤耋老童稚之輩，咸鄙劣以小之、違之，歸于他邑，又不可也。太夫人老而疾，家貧不足給其費。世無孔子之徒，我何坦然安于是哉？曰：慮禍傾于身，遂反而求之，得《五箴》以自規焉。

袁姬哀辭 并序

袁姬，良家子，父母成都人。開始知寧邊軍，在闕下娉得姬於其兄。從余來全州、桂州，生二子：一女一男，皆失之。淳化元年，年二十〔一〕，秋八月八日夜，疾卒於桂州後堂。念其遠京師四千里，作哀辭一章，刻石留於桂州。

彼美袁姬兮，柔芳懿懿。瑶沈蕣瘁兮，追惟弗洎。陰質弱卑兮，資陽望貴。壽康攸遂兮，夭愆所利。北塞南荒兮，偕行萬里。寧期不修兮，溘然而逝。奔服勤劬兮，喪爾母子。恫毒我懷兮，摧傷骨髓。高旻孔仁兮，皇適予委。明知有生兮，亦必有死。無如奈何兮，情思罔已。倏焉胡往兮，音容莫寄。餘玩遺香兮，忍孰爲視？桂山嶄嶄兮，翠攢若指。曷能可忘兮，我心於此。西流之日兮，東流之水。瞬息一去兮，終天遠矣。

〔一〕「年」，原奪，據文意補。

贈夢英詩　并序

過潭州，見夢英高奇，益不似今時所有，非常僧也。從予徵歌辭，以爲好歌亦詩也，故作一章七言二十五句詩以贈之。

晝光夜魄陰陽祖，五緯天立五行父。萬靈蕃昌根此樹，剛柔各鬬清濁聚。形類紛然填下土，精英間見群寧侶？雄劇唯神時可主，功格無先明競覩。捨羊犬猪用彪虎，氣包茫昧廓區宇。刓髮披緇心有取，蜕免羈跼脱潛去。身投西佛學東魯，塵視諸徒飚遠舉。狂呼飽醉賤今古，公室侯庭迎走户。如攀喬柯腰俯僂，搜經抉詰將完補。聲號大荒鏗簨簴，筆詬斯冰卑爾汝。戟枝曳陣孰禦侮？二十游秦老還楚，蛟蟠枯泓驥追鼠。停舟湘濆吾與語，歸返終南恨睽阻。

諷虞嬪詩 并序

湘水導全州城下，北走州之境，又獨能産筠竹成紋。古書今俗，通謂舜二妃溺於沅湘，揮淚爲竹斑者，在此也。復東南望九疑山，纔可百數里。州岸佛寺傍有妃廟，因諷妃事，作七言十九句詩一章，刻石留于妃廟中。

惟堯則天舜弗復，誕妃罔極恩亭育。遏密無聞血盈目，南巡胡爲淚染竹？父輕夫重當何淑？沅湘岸筠烟莓覆。凝紋疊斑殷郁郁，猿緣鼯號鉤輈宿。朋悽助惋聲幾哭，臏疑下憂禹堙瀆。功充民戴荷百禄，重暉竝耀難停轂。亢居不寧逝如逐，悲啼負冤生莫卜。卒顛沈瀾遠昌族，謳訟肇私歸永福。柔陰慘尅咎深速，前睇九山排矗矗。到今雲顔愁可掬。

贈諸進士詩 并序

開淳化二年夏，歸自桂林，寄家于許州。抵京師，見諸進士之尤者，作詩贈之。

今年舉進士，必誰登高第？孫傳及孫僅，孫傳改名何。外復有丁謂。到京見陳訪，好尚同韓洎。館中諸仙郎，綸閣賢三字。翰林四主人，列辟群英粹。奔騰走大名，淜轟天邑沸。怒浪航斯濟，駿蹄御良轡。緣險徑梯空，餓腸勞填味。我何爲欣歡？名身苦將悴。北塞絶戎勳，南荒政遭墜。焦焦家殫窮，口衆食增累。鶵豝餘十輩，業學莫能器。髮白壯心衰，不覺老之至。跼縮步九衢，羞畏同腐婢。仰瞻爾數子，吾道終焉寄。無爲忽于予，斯文幸專繼。

柳開集卷十四

宋故中大夫行監察御史贈祕書少監柳公墓誌銘 并序

至道元年秋，上以開屢奏，去曹即邢，賜便葬於先人也。抵魏，會永濟簿闓至，出先君乾德初上丞相書。疏云：同光年，某始任湯陰簿。天成帝起鄴，由相趨洛，兵寇如草，破蜀誅帥，下競奔亂。供迎收安，獨先而完，飛章聞帝，賜緋衣銀魚。相言：「例無簿得緋。」帝曰：「例君不能爲之，惟相爲之耶？若君亦爲之，朕賜柳主簿緋，豈不爲例耶？」丞、簿、尉有緋，必命此始。

後歷南樂簿。長興歲，爲和順令，晋石尹并州，欲某留幕中，察石志異，秩滿潛歸，除臨黄令。由衞州録事參軍涖臨洺、南樂、冠氏。顯德間，授南樂。建隆首，得元城。皆令也。書考二十，絶有纖失。事十帝四十年，非不愛公王將相名位，徒見以亂易亂，若覆杯水。不如田家樹一本疏木，尚得庇身廕族，積久存也。看省曹、尚書、侍郎，索貸助給，就佛屋爲寄館。諸員郎輩，豈足道哉？所以匿跡邑宰。今朝廷紀極似張〔一〕，得奉聖君圜壇類帝，必見恢息疆宇。求一通籍官，終其老也。

閏曰：「來歲子月，葬納此言先君壙間。」

開泣曰：汝知先君十歲時，後唐莊宗與梁争，日來河上，捧帝硯筆，出入戰中。滅梁，分賞從臣，乃一命湯陰也，得緋。年二十二，學詩於隱者孟若水，從万俟生授字，學爲文章。瀛王道幼識先君，止之曰：「君少爲令，有緋，何須舉進士乎？獲一第不過作書記，向人案傍求殘食也。」先君納之，上丞相疏。明年，拜監察御史。

明年春，破西川。太祖召上殿，言曰：「聞爾治家嚴而平，如朕治天下也。居官處，食井水外，無一有取。吏犯必責不貸，公事不枉而速。儼立危坐，人過促走，若覩神明。鄉黨親賓畏爾。不爲不善，不厚妻子，不疏弟姪，不私藴，不妄求。朕知爾久也。淮泗居東南，水陸叢委，吴臣未來，越民未歸，郡刺史多惡政。朕方制削諸夏，州立通判，爾去爲朕先之區境，將用爾同理也。」先君歸自朝，歎曰：「上採聽人不濫，言事於上者，必實不欺，何稱吾得是哉？」

夏四月，開從之泗州，晦前夕，叔陟至。五月朔，先君疾，十日旦，去代。開困病甚〔二〕，號擗絶死，叔撫而存之。即復護先君泝汴届京師，及此三十三年也。爾閏後奉歸大名府縣。

開記先君常與諸叔聚話，指汝弟兄語曰：「吾湯陰時，征蜀，帝命汝母伯氏王公諱玭。爲招討副使，告行曰：『帝欲與公屬大官。』公召，吾不往，報曰：『男兒當自立，不能學人因婦家覓富貴也。』同吾事帝者，半爲王侯。其後番番相傾，朝爲賤人，夕爲貴臣，面垢未除，頂冠峩焉；門朱未乾，屍血流焉。初暱比比，漸異索索；以侵以諜，以陷以削；逐之以離，滅之以夷；因小敗家，及大累國。吾苟與斯輩同，安有渠得今日見眼前耶？載金連車，不如教子讀書。彎弓騎馬，功成無價。彈絲吹竹，身衣罔覆。累棊奕奕，舉口莫食。杯酒是味，不賊而斃。在家了了，出門皎皎。養兒勝虎，猶患不武。多學廣智，少宦諳事。爲官納貨，莫大此禍。侮文弄法，天誅鬼殺。以私害公，反必及躬。吾豈徒言哉？汝等勉之！」開欲具刊之，如何？閏泣曰：「諾。」

嗚呼！先君歿年，我母萬年君年五十九，歸柳氏四十年矣，又十八年六月卒。王，大族也，開外祖、諸父、舅，世有顯位。我母萬年君視外内親千口如一，終身未嘗恚怒。繫全柳氏者，亦其力也。今偕葬馮杜。開爲監察御史時封太原縣太君，今追封萬年縣太君。先君諱承翰，字繼儒，天復癸亥歲中秋日生於開祖母劉夫人，累贈至祕書少監。開、閏，嗣子也。開王父諱舜卿，隱居鄴。人號柳長官者，謂其德行，人伏若邑郡長官也。銘曰：

天地之大兮，不如父母之在兮。日月之明兮，不如父母之生兮。天地日月爾何成？喪我父母爾何情？父兮母兮去何之？城南丘墓空纍纍。不思即已思即悲，泉深石頑埋此辭。隳腸潰肝無已時。

〔一〕「似」，各本皆作「似」，孫本校記云：「『似』疑當作『四』。」姑録以存之。

〔二〕「困」，四庫全書本作「因」。

宋故贈大理評事柳公墓誌銘 并序

安史横逆，唐天子弗督河朔二百年。魏近誇傳羅紹威牙中盛大，文武材士出其土，必試府下諸吏以起家。至我太祖清夷區極，厥俗漸易。周世宗末，開仲父諱承昫，字繼華，爲府都孔目官，事魏王彦卿，從始迨此，三十年餘給事也。

當長興明宗時，誅秦王從榮，宣徽使孟漢瓊馳傳就鄴宫召宋王從厚，仲父爲有司主牋奏也。告王元從都押衙宋令詢曰：「竊聞帝疾彌亟，秦王夷戮，今一單使徵王，王即挺身往焉，未爲利也。大臣姦豪，賡相結附，但苟其身，不顧于國。王如是至必孤坐宫中，但能爲名曰君，而實爲臣於諸權也。與公事王，復何得見王面乎？將天下安危，未易知耳。

不若盡率府兵，步騎齊發，按甲徐行。若必迎嗣君，命禮來之，王至未晚；彼若動非其禮，吾兵在衛，强者縶之，亂者翦之，而後遵上先旨，不爲失耳。」不納。王即去，仲父與令詢輩偕至洛。王爲帝，令詢果出磁州刺史，仲父歸。王之屬臣，悉爲馮贇、朱宏昭輩遠之，不復邇帝也。後鳳翔兵起，帝有禍衞州。

當廣順高祖時，仲父爲有司主兵騎也。外女弟劉爲留守王殷妾，殷視我姻家也。及禮圓丘，詔殷入覲。殷典衛兵，權勢動主，深惑去就，私問仲父以決其謀。曰：「上召，吾往可也？不往可也？」不答。殷曰：「汝不言，是吾往可也。」殷即闕，高祖殺之。仲父歎曰：「鄴自唐莊宗後，歷變叛非一，生民破散。今主上英武，不類晋漢。殷將不行，必須作亂，戈甲一臨，城潰族滅，非唯連我之家，其惟動國興戎，憂撓中夏。殷起，即止殷不利耳。吾豈以苟殷一身而反爲國害乎？所以吾不答殷，以安家國也。」

仲父寡言善性，夜五鼓作，冠帶趨府門，恂恂無一日闕之。退自公，奉我皇考僉恭勝父，坐必緊拱手，不問不敢語，與其夫人田一德也。乾德三年巳月，有愛犬躍仲父前死焉，發策占云：「家主遠喪至。」仲父惡之。午月，我皇考即世，我母與開等縗服至魏，仲父泣曰：「我兄亡，吾不生矣。」一日，召開誨曰：「汝止號焉。人子當服，學立身，遠惡事，修先行，是孝也。吾望汝耳。」秋七月，仲父病，若無疾者，但曰：「兄去，其已矣！」二十有七日夜卒。嗚呼哀哉！屬衰季，隱於吏。避憂患，藏其志。君子乎！何稱哉？

田夫人生肩吾與瞷、支氏、蔣氏二女。後夫人李，今皆亡矣。李生問。太平興國七年，肩吾爲贊善大夫，仲父贈大理評事，追封田夫人京兆縣太君。仲父視開皇考同母兄也，少五歲，名與太祖御名下一字同，建隆初改今諱，終天雄軍都教練使，有階勳爵邑，略不之書。銘曰：

鄴城西南二十里，村名馮杜古河涘。宫音坤艮地尤利，元昆居右左令季。一塋四穴子三是，至道二年仲冬次。壬申直辰日長至，我之諸父藏於此。連連珠攢列兩世，河東郡姓生孝義。祈天祝地相傳繼。

宋故穆夫人墓誌銘 并序

漢開運元年，開叔父諱承贊卒。叔母穆，年二十有七，嫠居四十五年，歲乙丑五月歿於家。後七年，葬叔父墓中。唐季，我先人塋館陶縣北三十里。周廣順中，始葬叔父大名府西南二十里，村曰馮杜。開近歲連上書，天子哀之，賜錢三十萬，使葬先臣之屬。得華州進士王焕襄其事。焕，義者也。恭恪弗懈，成開之心。柳，宫姓，爲地法利坤艮。自叔父墓東下十七步，我皇考之墓。又東下，仲父諱承昫之墓。各以子位從之。又東下，叔父諱承陟之墓。步悉如九數。叔陟無嗣，以季父諱承遠之墓同域焉。故昭義軍節度推官閔，叔母長子也。閔，叔父卒始生次子也。趙氏，故婦女也。次，病廢老於室。

開爲兒時，見我列考治家孝且嚴，視叔母二子常先開與閔。我母萬年君愛叔母猶己，勤勤循循，常懼有闕，乃叔母至老，我二兄至成人，不類諸孤兒寡婦。月旦望，諸叔母拜堂下畢，即上手低面，聽奉我皇考誡告之，曰：「人之家，兄弟無不義，盡因娶婦入門，異姓相聚，爭長競短，漸漬日聞；偏愛私藏，以致背戾；分門割户，患若賊讎，皆汝婦人所作。男子有剛腸者，幾人能不爲婦人言所役？吾見多矣。若等有是乎？」退即惴惴閉息，恐然如有大誅責，至死不敢道一語爲不孝事。抵開輩，賴之得全其家也如此。

嗚呼！君子正己直其言，居上其善也，家國治焉；小人枉己私爲言，居上不善也，家國亂焉。旨哉！君子也。銘曰：

昔我叔之去世兮，垂嚴誡之深辭。指穆母而告云兮，惟夫婦之有儀。伊生死之孰免兮，於貞節而勿虧。代厚養以多屬兮，家復貴而偶時。寧不完於安佚兮，胡適彼而忘斯？介如石之鮮克兮，衆猶草之離離。母血涕以奉教兮，矢哀心以自持。畢考命之惸孤兮，終天地而弗移。噫嚱過此兮，母曷爲知？

宋故河東郡柳公墓誌銘 并序

我列考御史有異母季弟諱承遠，出於賈夫人，耳病無所聞。開王父諱舜卿，遯唐衰微，默處閭巷。季父五、七歲，即李先生教讀書畫字。父既艱聽，比常兒訓倍力不尚。開王父月厚金償先生，禱曰：「兒雖此，願生無倦誨。」父稚如石，授莫入焉。開王父每晨促起，提父手，扶之抵先生所。鄰長者叢辯之曰：「君子教子焉，當是也。子病爲廢人，苦之學，不當是也。以君子遯居豐貲，縱百兒可養，況多子皆成人，豈不能容是子乎？」開王父謝曰：「吾寧不見是子病乎？耳雖爲廢人，心其不爲廢人也。苟往善焉，何教不入？天廢吾兒，吾豈終廢吾兒乎？教之不成，其廢何晚？吾雖多子能自立，寧知吾百歲後不爲人所鬭？誘以利，逼以害，求相容不暇，變兄弟爲豺狼也。觀之古，察之今，可念矣。即是兒託死無地，矧衣食乎？目或能解識字，手或能善書，他日爲筆傭，是兒可存，已勝他爲也。苟兄弟知親之不易，音「亦」。不爲人所惑，保而全之，吾苦教何害？若有成，亦少益於長矣。」以是，季父果知學。及長，善書，聰惠敦信，事諸兄如父。主緡錢千萬，用子本爲質，無欺終身，諸兄倚之不疑，克成我王父之志，孝矣。

娶天水趙氏夫人，生閎及皇甫鶚與劉去華妻。太祖平吳也，擇貢舉人經學終場魁壯善射者，鶚治三傳，獨能發强弩，中多而速，身短白。太祖愛之，得文班丞旨。今卒殿直。去華今爲殿中丞，性剛直可愛。季父字繼宗，生同光甲申年，卒乾德戊辰歲夏六月。又二年，趙母卒。後二十六年，葬於我皇考塋東第二塋。銘曰：

肢完體充，性用猶鐵。丱冠襜衣，居華餌潔。出門嘻嘻，燕語無别。有弟有兄，斷然如截。低柔勝水，言甘若醴。眉目春妍，豔耀桃李。手足嫂娟，弱弗勝指。朋遊婉婉，衆比君子。入門同生，相捍堅壘。心之不人，不備于身。志行善焉，爲人之全。哀哀季父，寧忘念慕？有異於斯，不愧於兹。

宋故前攝大名府户曹參軍柳公墓誌銘 并序

開叔祖諱夏卿，生叔父諱承陟，幼孤，養於開王父。好學，夜未嘗解衣卧，必張燈傍枕，展卷與册，倦引三四始寐。風號鼠跳，覺起復然。廣順中，詩者韋鼎來自衡山，從之遊，得其旨。鄴人雅頌之道，到今籍籍猶在。漢相蘇禹珪與開皇考善，始，叔父見之，蘇曰：「子文學材志過人，盍仕乎？」叔父對曰：「學以仕也，以某觀之，取公爲喻。公，仕之達者也。何利焉？晨鼓未警先朝矣，暮鼓已嚴後歸矣。能何惠及物？能何功寧邦？能何道佐君？能何術舉善？能何法除姦？能何策禦戎？獨言必是，誰必從之？獨謀必臧，誰必贊之？進退拳拳，善惠然然。動防止思，違憂徇疑。但不過爲妻子作快樂，恣貪欲，親朋賓僕，外爲氣勢。于身何利乎？公猶是，矧餘屑屑曰官人者耶？寸祿如絙縛人，不敢輒舉足。比之心閑身閑，如雲鵠飄飄，下矚籠中雉耳。兄弟之義，國當散之，家當聚之，異是害矣。某有兄，賢孝不貳，讀書樂道，終身不仕也。」

叔父年十八病，夢道士自空至，得藥吞之，曰：「後三十年當厄。」即愈。曰：「三十年足矣。」及期，正月，夫人孟氏卒，乾德三年也。曰：「是當厄矣，我兄在，往辭之。」四月至泗州，五月我皇考歿。某先姑之壻楚州團練使王遜書來，告叔父曰：「汴流湍猛，舟泝多壞，爾兄之柩，當焚而歸。」叔父報曰：「我兄享祿四十年，名爲天下知，無行負人，忍成煨燼還故園乎？汴若無神，舟有敗覆，我其抱柩同溺乎！」即届京師。後八年四月九日，叔父卒。嗚呼哀哉！叔父先娶叔母劉，死葬馮杜。無嗣，有女李氏，亡矣。叔父善殖利，好陰施，鄉人死無告者，往濟焉。厄期外延八歲，疑此致也。

尋其遺稾，中得壞亂可辯者，云：大道昏昏，衆物紛紛；至誠烈烈，群生缺缺。不窮物性，不救物病；不符時議，不獲時利。所擇必精，所爲必成；所任必知，所行必宜。混混無别，浩浩亦絶。至私如公，至奸如忠，至言無疑，至化無欺。海人乘馬，倒矢挽射，操車渡水，濡必盈軌。執殳執干，笑語安安。撤户宵寢，盜至而窘。欲謀其始，先謀其終；終若不凶，始乃有功。不耘不耨，良田不秀；不鍛不鍊，良金不辨。居上不上，必迷所向；處卑不卑，爲亂之基。凡一百五十二言，理有可紀之也，今載之。

叔父字繼遐，至道二年十一月壬申葬我皇考墓東第二塋，庚之位。銘曰：

堅學篤道，生閑卒老。垂文杲杲，徹深世表。

宋故昭義軍節度推官試大理評事柳君墓誌銘 并序

鄴中大族，我家也。我世長者，故昭義軍節度推官閔也，字肩回。父諱承贊，早卒，我烈考養君。年十七，授《書》《易》，膠東胡生通誦之。應學究舉，連上試登第，洎進名而名不在牓中，謂之御筆勾落。頻歲此者三。我烈考苦君下第，命日者以數窮之，云：「君年二十有八有禄。」太平興國二年，果始策名，授沂水簿，佐邑有稱。平晋，率民吏負芻粟給兵，天子在真定，君居中得今官。九年八月病卒。君二娶室，皆李氏，亡矣。先有女，適前進士衛旭而死。後出男兒曰沐，曰溶。孟仲之女爲董冠、强景之妻。冠、景，進士。景學古文，開以仲妻焉。季，永濟簿閏取養之。君卒後十三年，葬君父墓東甲地。

或問某曰：「子家唐時爲昌宗，誌諸父兄墓，不録其世系，何也？」其對曰：「唐季盜覆兩京，衣冠譜諜熸滅，迄今不復舊物，以姓冒古名家，已稱後者，殽混無别。吾寧斆乎？苟其材，負販厮役，得時用爲王公卿士，是須古名家子耶？其不材，縱名家子，今何謂？」又問開曰：「爲父母葬，幸子孫貴且富，舉世一也。子獨異之，但以子陪父兆，親親相近，從叔舊塋，爲諸父殯宫，何也？」開對曰：「人身孕及生以長暨立，煦之育之教之成之，言語衣食，皆父母也。父母至老，給給不暇息，心欲窮區宇間美好爲子孫計，尚謂所不足，是父母於子亦多矣。而父母死，猶爲少於己，曰：『我父母葬須善地，要子孫貴富也。』已貴富者，即曰：『我世世其不闕，葬父母是地穴當得也。』噫！是父母生死間，要皆利子孫也。是孝爲父母葬乎？是葬父母要己利乎？言及是，子何焉擇地必可貴且富？又不見葬師家子上于人也，惟其良田塽塽，不堙不崩。以直道行己身，以善事傳諸後，是於父母葬善也。吾忍將父母學人，妄求己所不足者乎？」銘曰：

今上初年，以儒盡賢。擇擢貢民，半登科焉。我兄預之，平地青天。始焰益熾，菅茅增煙。持圭曳珮，奔驟聯翩。諫垣奕奕，省署連連。直廬閣閣，相府騫騫。樞衡岌岌，邦計乾乾。出入在己，他徒罕前。將此積歲，英林累千。周瀛匝極，穰穰闐闐。

下視伊、召，宜爲執鞭。嵩山崇高，祇不及拳。滄海翻波，一勺之泉。我兄再命，佐侯潞川。壽非獲永，名不克傳。位不得顯，志匪果宣。罔及彼衆，矧爲物先。念茲已矣，寧忘愴然。歌時頌事，悲填思纏。有筆有石，乃書乃鐫。

宋故朝奉郎守太子左贊善大夫河東郡柳君墓誌銘 并序

開仲父諱承昫，初娶田夫人，生大夫。讀刑名律令之書。始名震，以開昔名肩愈，大夫改今諱肩吾，字象先。乾德中，故扈公自翰林學士黜使魏，大夫見之。府決罪人，公每問條法，對辯指明，絕異諸吏[一]。公歎曰：「與一第，在刑部大理寺中，天下無枉矣。」開寶年，公徵歸朝，典貢舉，大夫年二十有九，果爲扈諱蒙。門生。大夫獻文章闕下，即授大名府法曹參軍。詔見中書，除舒州團練推官。平吳後，上繼位，擇人尤切，承代至京，得將作監丞。執政欲留如扈語，大夫避之，問而答曰：「學非獨己利也，亦欲利人也。法之舍弗用即已，用斯皆及物焉。得直其道猶多枉，矧不得直其道，即仁忍爲哉？獄所平不平，其平惟不平也。彪作吏，龍作官；貨祈欺黨，成無爲有；憑文誅罪，十計九冤。挾位用威，扶愛陷憎；罔上賊下，不彰不明。茫茫區中，害盈於半。昔皇與王，專道任德。降世壞俗，以禮救時。迨之于今，出禮入法。茲失益遠，依法肆情。於余去諸，勿能爲也。」即命知永州。還，遷太子左贊善大夫、知郢州。太平興國年，田侯就任，欽祚。大夫歸，病於路，抵唐州，子月卒於妻隴西縣君彭之家。

明年夏，開自殿中侍御史知貝州，責爲上蔡令，拒唐三百里，即迎嫂彭君洎諸兒湜、涀、液、淙、濬、濤等來。明年，開饋軍征燕迴，拜書天子，復舊官。虜報役，上求文臣知兵者。明年，開爲崇儀使，又知寧邊軍。明年，今鳳翔趙公昌言。適爲樞密副使，譴於隨，害趙者構開。及京，去知全州。嫂泣曰：「叔南行，將棄諸孤獨往也。稚騃闞訓與養，死不成人矣。叔提諸孤去，我寧獨居而遠吾子，即亦吾絶矣。叔孝人，忍若是乎？吾見諸家子，父死若伯及叔字之，不如己子，其猶路之人，寒且餓弗干於心者，貴賤一也。即有子伯叔鞠之，大不知報，及能立，奉諸父反仇怨之，不若破異門户，又多其類也。吾豈容爲哉？吾與諸兒當從叔去，炎荒遐陋，吾不辭焉。」即攜諸豎届于全。明年，之桂州。明年，歸京師。明年，開以在全時溪洞事，出臺獄，降充滁州團練副使。湜舉進士，試殿庭，呼曰：「臣柳開姪也！」上審之實，賜登第。求爲長洲縣主簿，邀其母行，彭君號曰：「爲汝兒輩，使我南走萬里，脱死瘴鄉，幸歸。復挈我渡吴江，入蘇州，將不生返也。」湜名我子母棄叔去〔一〕，吾無面視叔也。」乃留濬去。四年，湜移中牟尉。淙自京至邢，嫂書曰：「病亟，命濬速來。」濬往，嫂書又來，曰：「必死不相見，爾諸子，叔成之，我泉下心安也。濬與潯二兒與叔爲子。」彭君即卒，實至道元年十二月八日也。君名永華，少大夫五歲。父故太子中舍，諱文矩。

大夫與開同祖。明年，葬仲父域中甲之位。柳氏於唐時爲大族，用儒學升科有名者常有人，唐滅即絶。至大夫，於登科記中復有柳姓。銘曰：

雄虎玄文，騂騂牝馬。其息且蕃，以和以雅。青猴及羊，歲行周紀。虎亡馬殂，相去遠矣。質貞者玉，爲塵而飛。矧伊含生，孰能可違？彼雲在天，惟地有泉。存若飄然，往皆潛焉。同兆異室，乃尊乃戚。大夫與君，永安而吉。

〔一〕「異」，原作「爲」，四庫全書本、《四部叢刊》本、光緒本作「異」，今據改。

〔二〕「名」，周柯本作「召」。

宋故柳先生墓誌銘 并序

長於己者，先生於我者也。非獨有道義者，得專爲先生之號也。即我故諸兄闢，字太初，長開二歲，開呼爲先生可也。先生生於仲父丞晌田夫人，夫人憐之甚，爲童兒時，學校中師不敢深誨之。及孤，年二十〔一〕，見開與肩吾、閔成名，人羡之，乃自剋意讀書，日與文士遊，作詩章句，孜孜然。娶侍御史張渙女，張端閑恭順，舉家愛焉。始歸不二年，生一男子。後得夢，告我母王夫人曰：「婦夜夢人，云更長一男子即來。是婦必復産兒後死矣。」明年，果如夢。先生繼室以大名府節度判官郭知微女，郭來又死。張之生二子：長洸也，次瀛也。

瀛五歲，開抱懷中，教洸誦詩，聽先熟焉，以是奇之。先生以瀛失母，開得爲子。瀛性烈，所聞即學，所學即成。雍熙中，開守寧邊軍，不見瀛半年。一日，封所爲文自魏來，辭直理勝，若古人所作。即與之詩，曰：「皇唐二百八十年，柳氏家門世有賢。出衆文章惟子厚，不群書札獨公權〔二〕。本朝事去同灰燼，聖代吾思紹祖先。感歎盡應餘慶在，今來見汝又堪憐。」瀛後以急學病狂〔三〕，八年而死，至道二年也。哀哉！瀛之學亟也，心亂作惑，以喪其生，矧他習也。事易去聲。易性，執而不移，以至亡滅敗禍者也。可不思焉？

瀛未死前十五年，先生同母兄肩吾知永州歸，嫂彭君請迎之，先生翹曰：「我適易筮遇《井》，井，往見泉下。」彭强之，先生被酒拜於庭，四向曰：「辭矣！往死也。」至許原，筮之，復得《井》。易者曰：「不可行。《易》象志至神，知其來顯也。」出許，病。至唐州，彭父爲州録事，入卧其家。永州兄至三日，先生卒，夏六月也。

嗚呼！父母愛其子，不教之學，是不愛其子也；教之不以嚴，亦不愛其子也。教之，子不學，是不愛其身也；學之不以專，亦不愛其身也。有教之而不成於善者，未有不教之而能成其善者也。教之必學，學之必成，成之必立，立之必及。夫能有及乎君子之道也。則君臣父子正，社稷人民安，況餘小者哉？學，變化也。能學，則庶民子爲卿家；不學，則卿家子爲庶民也。先生晚自知學，學未有及，中道而去，可傷也已。瀛死之冬，葬先生于仲父墓北壬之位。銘曰：

南剞西隳兮，中煎若烹。騎不得停鑣兮，朔戰汗盈。朝淵暮雲兮，翻指相賡。先生之來兮，逢時始平。啁啁仁義兮，文墨崢嶸。比鉛飾黛兮，昨昱今英。貌順誠違兮，深堅利兵。先生之學兮，於晚未成。汒然下士兮，菌鬬枯榮。虺毒肆螫兮，騶虞畏行。觸即塵屆兮，抗猶山驚。先生之去兮，世闕有靈〔三〕。吁嗟先生厄徂征，往不返兮傷同生。松風草露隴月明，先生歸兮宅此塋。

〔一〕「年二十」，叢書堂本、《四部叢刊》本、彭本、讀古樓本並作「年三十」。
〔二〕「群」，原作「辟」，據《四部叢刊》本、周柯本、讀古樓本改。
〔三〕「有」下一字「靈」各本皆缺，四庫全書本作「靈」，今據補。

柳開集卷十五

宋故左屯衛大將軍樂安郡侯孫公墓誌銘 并序

南東出海上諸國〔一〕，西度羌戎外，朔越胡沙絶寒之塞，老稚人稱：孫氏爲富貴家，于今六十年矣。他人富，但積穀積金，有宅有田，権藏畏詐，常如偷生。見府縣走役，曲屈言笑，諂奉罔暇。其止得念，有動即逼。況貪夫賊官，賡踐本所，猶彪視羔，嘖嘖牙爪。孫氏處神都，臨帝街，天子割遺公地，以大其居。崇樓敞敞，戛切霄極；重堂疊楹，周廡繪彩〔二〕。明粧列侍，珍肴捧筵；豔奪晴春，奇殫殊物。歌擊樂章，寶車金馬，華林廣園；芳秀如仙，愛時選景，終歲竟日。將相侯王，婚姻親戚；宰政尹京，聽順音旨；群卿庶士，遵承意命。名材逸賢，候門謁次，求覩顔面，勝逢綺季。行游衢路，呵避後先。是孫氏爲富家，天下誰能與之也？

他人貴，但貪祈競竊，叨冒抑奪；勤恭惕易，便媚閑防。思奉乃尊，思遜乃患；持平失欺，持盈失傾。克公畏私，竭誠懼邪。一途獲前，百岐卻之；寸言見稱，幅辭攻之。位崇切心，權極危事。跌趾緩扶，蹈肌即傷。孫氏自周室抵宋朝，高祖、世宗，父交子友。迨我太祖，寵燕、吴討擊，畿甸餞迎，禮深朋從。平聲。恩厚寮庶，入宫數召，錫物加等。迨我太祖，寵倍於前，從臣百千，陪幸其第；躬伐汾、晋，十旬未歸，往請一言，遽還京國，溥天息役，匝地擊歌。今上聖皇，丕纘區夏，迎其愛女，册爲貴妃；族屬備官，禁掖列位，深患亡憂，群疑罔干。是孫氏爲貴家，天下又誰能與之也？嗚呼！漢與唐簡册中，徵其比亦少焉。

居是富貴，其惟誰乎？即故左屯衛大將軍、樂安郡侯，諱守彬，字得中者也〔三〕。凡人聚百金之微，居九品之末，其行義必有可稱者。而公享此富貴，歷兩明朝，遇四聖帝，爲親爲友，其德業量識，何煩言哉？公自右領軍遷屯武驍衛及今官，乃八命爲五將軍也。階金紫，邑千户。年七十有三，至道元年四月十五日薨，贈左金吾衛大將軍。與周高祖爲友者，公父贈左監門率府率諱徽者也。開辱公嗣子西京作坊副使貞吉善，前西頭供奉官貞幹、侍禁貞諒、奉職貞節、貞素，次子也，二稚未立。公女貴妃外，洎公女弟、女孫，皆爲公王家婦，以其衆不録。公夫人某氏先亡。至道二年十一月日，公葬京東某里某處。銘曰：

富無比，貴無擬。壽有年，嗣有子。惟此焉，其足矣。

〔一〕「南東」，叢書堂本、《四部叢刊》本作「東南」。
〔二〕「繪」，原作「縉」，四庫全書本、《四部叢刊》本作「繪」，是也，今據改。
〔三〕「中」，四庫全書本、《四部叢刊》本作「之」。

宋故開府儀同三司檢校太師贈侍中孟公墓誌銘 并序

天下譬如人身，朝廷猶心腹地，四方猶四支也。心腹有疾四支病，不治心腹，無病可治。口耳目納，邪蠱内作，疾心腹也。去是，跌打傷緩，封鍼餌補，寧害焉？建隆年後，平四方甚易，由無心腹疾也。孟氏王蜀，二代三十九年。乾德乙丑歲，兵降蜀，公爲主太子。二年，年二十八，偕主浮嘉州江，循峽出荆，行襄州道，仲夏丁丑抵京師。太祖禮以之見，禮，謂降國之禮。封主秦國公，公帥兖。六月庚戌主疾殂，謚恭孝王。公起復拜命，留闕下。後三年，帥貝州。明年春，太祖伐并州，從還，公就任。母趙妃，早殞蜀。在蜀追册爲后。主之内有楚、齊、越國三夫人。在蜀皆爲妃號。幸洛時，公朝，丁越國憂，以諸母居喪。太祖曰：「非嫡母也。」召入，加特進，歸貝州。今上初祀圜丘上帝，公覲，移帥定州，進開府階。上臨真定御戎，肆誅晋。晋附虜若叔，句。出旁道爲奇，句。必蹊定。定折虜南翼，左絡邊安。句。

郡柵城多兵，復公鎮，句。攝。句。攝之，晉平。上促師奪燕，公衛，句。環燕壁西偏，句。衆怠莫剋，遽旋。勑公馳定，以寧下。迎上，上歸，公止。句。當增甲益校，句。計備虜來寇，敗諸徐河。大施賞公，封滕國公。籌塞事，卒群蹂音囂，罷。公奉朝請。鍾齊國喪，起復授金吾統軍。來年權執金吾，去知滑州。間有疾，告養，詔公弟右神武統軍玄珏代之。公病既貧，乞理傍淮一小郡自給，得知滁州。淳化二年，楚國夫人卒。起復公如舊。公風痹廢，常杖，必扶即起坐。三年秋九月辛亥，欻從中堂獨行及外，召伶師隸樂〔一〕，笑嬉曰：「羌吾祛祛，舉也。也。」呼子詰與坐飲。夜初半，老僕夫宿公堂牖外，聲魘徹公寢，公呼，即疾反，音「番」。不能語。旦薨。上聞，罷朝，錫贈侍中。清河郡夫人，公元妃張也。諭諸子證、詁、說、詮來奔。證任曹州觀察推官，詁知□豐縣事〔二〕。說吉州，詮秀州，並任軍事推官，皆登進士第。哀子供奉官諲，以諫、謌、讜、諗、詢，皆殿直，弗果來；諰、譯、謐、護悉幼，公十五子，名之上一字並曰隆。冬季丙子，用証、謀奉公由盧適洛，某年月日葬北邙山。有身有位有家有國者，破亡黜辱，屬有道得非道，謂聖朝降蜀也。屬非道得非道，謂前蜀王氏降後唐也。是顛危有幸不幸也。元明惟仁全，有仁昏不乂，若公其幸歟！銘曰：

玄喆公名遵聖字，居坤用物少而粹。歸中列鎮殞且瘁，馳山雪魘亶作蔽。公年出彼洎卒此，并算兩齊均厥齒。昭然秉生超特異，坎坎邃堂恭孝次。公無後憂多令子，六女五嬪侯王嗣。二主闕書國有史。

〔一〕「隸」，四庫全書本、《四部叢刊》本作「肄」。

〔二〕「□豐」，孫本作「豐樂」。

宋故中大夫左補闕致仕高公墓誌銘 并序

郡府間年貢士上列，宰相擇辭臣學官，躬五試之歲，歲三月甲子，渤海高南金治毛、鄭《詩》中第，在殿方引卷召名，上視之，曰：「高書記子乎？」大臣覆之，曰：「然。」覆，謂覆視其卷也。上曰：「頔在乎？當老矣。」南金對曰：「臣父年八十一，在矣。」上曰：「朕昔迎后符氏。抵魏，句。王命頔曰佐朕膳，頔上手不懈，兢兢然多禮人也。」大臣交贊薦之。退，呼南金問者三，上曰：「授汝父左補闕，其致仕。吾旌善人，用勸天下。」致仕官無俸入，賜錢十萬，令於魏取之。翌日，南金捧命來歸，公拜之。幕府吏動天子加殊命非常者也。夏五月，開自貝貶逐南行，過公宇下，見公冠大頂烏紗疊帽，衣緇緣褐縠單衺〔一〕，手右曳杖，左捧囊，中出錦引幅舊牙軸紋綾背紙押，押第署朱鏤印文，披之，即新誥也。公持之如不勝，感涕下瞼，荷君至也。明年春三月丁丑，開率縣民饋軍伐燕，路出大名，鄉之人語開曰：「公當去月辛酉殁矣。」夏五月庚寅，開隨兵迴，使告其孤曰：「願銘公墓，以報公厚知於我也。」潤、南金與鼎三子列公行事以請。

唐建中年，太常爲七歲女子以父彦昭事能死賊中，謚之爲愍，名曰妹妹。彦昭守濮陽，背賊納歸于德宗，封平恩郡王，生同州文學諱衡。衡生西吾，隱而不仕。西吾生公。公字子奇，用文取進士高第。歷慈邱、遂平二主簿，安、申等州，大名府觀察兩支使。周顯德中，魏王奏授公掌書記。開寶二年，王移鳳翔府，至洛，帝止之，公從王罷歸。復還授舊官。六年，丁太夫人琅邪王氏憂，終喪足不越庭户。府帥李公復奏公如故。上二年，有誣奏公以老而怠其任者，急詔庭見責之，辭不小屈。上曰：「爾實止爲一書記，其久而曾無涖他事乎？」公對曰：「臣守道俟命，不苟不競，乃如此也。府鉅細事無官者，臣兼治之，非止在臣所職書記耳。」上曰：「若何謂頗老不治務乎？爾去復其位矣。」七年，公始以疾免。

昔王之末去府也，左右惟貪虐取下，下所不能堪，及王之去，即羞懼無敢一游於魏者。獨公居之前後三十年，不遷不離，始至之日與告終之夕，出處進退，語默用捨，無革無媿，人無咎言，世謂公君子也。公至魏之初，有群小吏遇公於塗中，趨而候公，公即停駕揖之。有大吏復若是，公乃降答以禮。至公免職，公固不易，以是吏多避去不敢見。與公言經史子集，舉而問之，則公懇懇誦之，無有舛忘，皆如目前事。公爲文精且典，手抄書千卷，字細如豆，無漏無悮，老而益精，得之者藏爲書寶。信、義、忠、勇、孝、愛、仁、恕，公不闕一。

公長子浣暨公夫人趙郡李氏，先公而死。某年月日，以公歸大名府元城縣某鄉某里李夫人之墳葬焉。公三女：孟適故興元府司録參軍晁，仲適將作監丞李策，季適著作佐郎集用礪，未歸而夭。南金解褐得沙河尉，鼎應進士舉。公卒之日無恙，教誡後事不亂。銘曰：

群萬浩浩，公獨有道。驅訣競偷，公學優優。易世一官，行積名完〔二〕。公之所易，人之所難。貲充位崇，死矣其空。方之在公，我殊彼同。以詰何慝，乃褒何德。歲紀未極，斯焉消息。惟天聰明，視諦聽誠。溱聲淵穆〔三〕，無適莫程。埃坌窒目，奔夷且覆。納吉必經，反危以寧。此之云遠，其逝不返。豈惟於人？亦惟於身。我來舊鄉，公今云亡。厥善其長，厥裔其昌。寫我心傷，刻爲辭章。

〔一〕「縠」，原作「殺」，《四部叢刊》本、周柯本、孫本並作「縠」，據改。

〔二〕「行積名完」，原作「公行積完」，據四庫全書本改。

〔三〕「溱聲」下原空二字，今據四庫全書本補「淵穆」二字。

宋故河南府伊闕縣令太原王公墓誌銘 并序〔一〕

上之十四年秋，太原王君信詔還京師，位以東頭供奉官如故。癸巳，將以其年冬乙酉葬其先大夫、先夫人于河南府河南縣平樂鄉上店里伯樂原，禮也。

公謂其甥開曰：「天子命我掌戎於外，于今十年矣。爾外祖父母不克襄葬事，予誠不孝人也。今幸歸，不可以失，卜之，歲月日時既皆吉，爾其銘，得乎文矣。吾之家，以孝友稱。爾外祖父伯氏司徒公玭，始以其才薦于後唐長興帝，故授之以參軍。歷晉暨漢餘十五年，兩遷士、功二曹事。磁州人盜，成獄有枉者，詔能直之，帝以夏津令賞焉。凡官四，實在大名也。至周，授河南伊闕令。吾時年方壯，以才畧爲武人。吾見爾外祖父，手未嘗棄去書史。誨于予，未嘗不及忠信仁義。視人無内外親疏。爾外祖母毗其德，無少異焉。凡生子男一人，吾是也。女四人，皆嫁士君子。爾母，其長矣，次曰京兆郡夫人，義武軍節度使太師昝公居潤之妻也；又其次適于高氏，高氏早死而守志者：皆吾姊也。嬪程氏者最季，而少亡矣。嗚呼！昊天罔極，吾弗能報。爾，吾家之出也。復見爾文有名，斯不辱吾先人矣。

開拜且退，而書曰：公諱承業，字紹祖。曾祖諱翰，祖諱佐，父諱珣，皆不仕。夫人天水趙氏，先公七歲而亡。公之卒年七十有七，在壬戌冬十一月己未。今公之葬，實十月也。銘曰：

男賢若父，女賢若母。斯焉爲誰？柳開外祖。名兮傳于世，骨兮歸于土。洛水邙山，千秋萬古。

〔一〕「并序」二字原奪，今補。

宋故和州團練使李侯墓誌銘代夢壽作

惟王建侯寧邦國，曰：「咨爾！守節，爾之良，予其耿乃休光；爾之系，乃成績顛隕，其追弗庸克自及。予將其試汝，汝侯于乃單。單惟政有成，汝其遷于濟。」濟既五年，始來朝，曰：「西北晉姦也，汝居遼以扞之。」久弗易厥初，民兵且完。曰：「東南吴臣也，汝徙和以接之。」逮明年，侯死。有仲曰鈞，歸侯于濟。冬，定葬于西。客有誌且銘之者，曰：「晉陽李氏者，侯之姓也；曰守節而得臣者，侯之名且字也。太尉贈封曰植者，侯之曾祖也。太師贈封曰益者，侯之王父也。滑、相、潞三節度曰筠者，侯之先也。東頭供奉而追皇城使者，侯之四命而職于內也；始于單而訖于和，曰團練使者，侯之四封而牧于外也。起仕于周而暨我宋者，侯之歷兩朝而臣三帝也。十五年學于家而十八年位于世者，侯之壽三十有三也。歲辛未而春戊辰者，侯之薨曰開寶四年二月二日也。冬季庚寅而襄事者，侯之于是歲而封于墓也。二季掌後而主喪者，侯之無子男而有女也。哭室而奠帷者，侯之妻曰符氏也。某州某縣某里者，侯之先塋，今從葬也。摭辭而書石者，侯之館客臧丙夢壽也。」

跋

跋河東先生集後

戴殿海

蘭溪有隱君子焉，曰渥川，柳公名德之後，勤思繼述，以期無忝于厥祖。蓋其十六世祖名叙者，本浦江人，待制道傳先生之從父，宋景定間以賢正任蘭溪縣尉，至祥符間遇難殉節，事蹟詳吴禮部所作墓誌中。其後人遂家于蘭溪。明神廟時，有名希觀者，爲公六世祖，由進士起家，歷官至副憲，文章政績，具載郡志。嗣後科第蟬聯，代有聞人。宋初仲塗先生，其遠祖也。先生少慕昌黎、柳州古文詞，因名肩愈，字紹先。後改名開，字仲塗。承五代文敝之後，慨然以興起斯文爲己任，力追古格，一變偶儷之習。其論文之旨，在于古其理，高其意，稟經訓以啟悟斯人。體或近于艱澀，則矯枉者時或過其宜也。後來如歐、蘇諸大家，縱横變化，極文章之能事。要其起衰振靡，實自先生發之，則所以倡其先者，其功偉矣。集凡十五卷，向未刊行，渥川公命仲子書旂多方購求抄本，謀廣其傳。余家藏有何義門先生手校本，較諸本爲最精，因畀之開雕，復詳加校正，使數百年學士想望而未獲多見者，焕然大行于世，洵盛舉也。渥川公篤于孝友，修葺浦、蘭遠近祖塋，手輯先代詩文稿譜，不遺餘力。書旂克承其志，績學能文，當事諸公咸器重之。近因《待制集》舊版燬于火，并思次第鳩工重鍥之，可謂克世家學者矣。海忝近梓里，知其行誼最悉，附述之，以告世之表揚先德者。乾隆乙卯仲秋，浦陽戴殿海跋。

輯佚

遊天平山記

至道元年，開寓湯陰。未幾，桂林僧惟深者自五臺山歸，惠然見過，曰：「昔公守桂林，嘗與論衡嶽山水之秀，爲湖嶺勝絶。今惟深自上黨入於相州，至林慮，過天平山明教院，遂休焉。尋幽窮勝，縱觀泉石，過衡嶽遠甚，不敢誣言。」予矍然曰：「予從先御史居湯陰逮二年，湯陰與林慮接境，平居未嘗有言者。今師詔我，是將以我爲魏人，而且欲佞予耶？」越明日，惟深告辭，予因留惟深曰：「前言果不妄，敢同遊乎？」惟深曰：「諾。」

初自馬嶺入龍山，小徑崎嶇，已有倦意。又數里，入龍口谷，山色回合，林木蒼翠，遠觀俯覽，遂忘箠轡之勞。

翊日，飯于林慮。亭午，抵桃林村，乃山麓也。泉聲夾道，怪石奇花，不可勝數。山回轉平地數尋，曰槐林。坐石弄泉，不覺日晚將晡。憇環翠亭，四顧氣象，瀟灑晃然，疑在物外，留連徐步。薄暮，至明教院，夜宿於連雲閣。

明旦，惟深約寺僧契圓從予遊，東過通勝橋，至於龍洞，又至菩薩洞下而南觀長老巖、水簾亭，周行岸徑，下瞰白龍而歸。

翊日，西遊長老庵上，觀珍珠泉，穿舞獸石，休於道者庵下。至於忘歸橋，由澗而轉至於崑閬谿仙人獻花臺，出九曲灘，南會於白龍，捫蘿西山，沿候樵徑，望風雲谷而歸。

明日，契圓煮黃精蒼朮苗，請予飯於佛殿之北，回望峰巒，秀若圍屏。契圓曰：「居艮而首出者，倚屏峰也。」契圓曰：「諸峰大率如圍屏，何獨此峰得名？」契圓曰：「大峰之峰有六，小峰之名有五。著名已久。皆先師之傳。」又其西二峰，一曰紫霄峰，上有秀士壁；次曰羅漢峰，上有居士壁，以其所肖得名也。又六峰之外其南隱然而高者，土名呼爲撲豬嶺。又其次曰熨斗峰。諸峰皆於茂林喬松間，拔出石壁數千尺，回還連接，嶄巖峭翠，雖善工亦不可圖畫。

予留觀凡五日，不欲去，且知惟深之言不妄。又嗟數年之間，居處相去方百里之遠，絶勝之景，耳所不聞，對惟深誠有愧色。明日將去，惟深、契圓固請予留題。予懼景勝而才不敵，不敢形於吟詠，因述數日之間所見云。時三月二十五日也。《嘉靖彰德府志》卷二

磐石

古寺聳山椒，公堂去不遥。尋僧忘俗慮，盤道出塵囂。疏箔捲烟霧，明眸望泬寥。漁翁江上立，指我在雲霄。《廣西名勝志》卷二

句

空門今日見張華。《皇朝類苑》卷五十九

句

九重城闕新天子，萬卷詩書老舍人。《皇朝類苑》卷六十六。

附録

一、傳記資料

故如京使金紫光禄大夫檢校司空知滄州軍州事兵馬鈐轄兼御史大夫上柱國河東縣開國伯食邑九百户柳公行狀

張　景

公諱開，字仲塗。曾祖佺，祖舜卿，皆不仕。考承翰，爲監察御史，以公贈祕書少監。世居魏。公生於晉開運末，幼而卓異，舉族奇之。周顯德末，少監爲南樂令，公年十三，夜與家人衆立於庭廡間，有盜入其室，皆驚畏不能動，公呼走取劒，盜踰垣而出，公從而揮之，斷其足之二指。聞者歎其膽氣之異焉。

初，唐末構亂，朱、李扼河相持，魏爲干戈之地，文儒蕩然，學者名爲儒，不知爲儒之謂。句絶。公凡誦經籍，不從講學，不由疏義，悉曉其大旨，注解之流，多爲其指摘。是後百家之説，漢、魏迄隋、唐間文史，悉能閲之。天水趙生，老儒也，持韓愈文數十篇授公，曰：「質而不麗，意若難曉，子詳之，何如？」公一覽不能捨，歎曰：「唐有斯文哉！其餘不足觀也。」因爲文章，直以韓爲宗尚。時韓之道獨行於公，遂名肩愈，字紹先，又有意於子厚矣。韓之道大行於今，自公始也。公方以述撰爲志，博採世之逸事，居魏郭之東，著《野史》，自號東郊野夫，作《東郊野夫傳》。年踰二十，慕文中子王通續經，且不得見，故經籍之篇有亡其辭者，輒補之，自號補亡先生，作《補亡先生傳》。遂改今名今字，其意謂開古聖賢之道於時也。必欲開之，予爲塗矣。今《野史》、《補亡》雖且不存，而《野夫》、《先生》二傳俱在，足以觀其志焉。

公爲布衣，神貌奇偉，尚氣自信，不顧小謹。凡所交結，皆求豪傑有出於人者，視齷齪俗儒輩，不與言。故大諫范公杲方好古學，少有大名，特愛公文，常口誦於朝野間，爲公延譽，世因稱爲「柳、范」。當時有名之士，咸望公求交焉。故閣老王公祐方守魏，公以書謁之。時王公與陶穀、扈載齊名，未嘗以文許人，及得公書，謂公曰：「不意子之文出於今世，真古之文章也。」自是學者益大信於公。

公一日與所友者坐酒肆酣飲，其側有一士人，亦與人酌，氣貌稍異，語言時若可聽。公問之，士人通姓名，即至自京師，以貧不能葬父母暨家之數喪，聞府主王公祐名士也，將求之以襄其事。公召與同席，審之得實，意甚可愍，謂之曰：「生之費，將用幾也？」曰：「得二十萬錢爲可。」公潛計，復謂曰：「且就舍，吾爲生謀之。」公雖大族，然以重義好施，頗耗其家，以是人故，竭其資蓄，得白金百餘兩，錢數萬，遺之。議者以郭元振之義不能遠過，以是四方之士游魏者畢歸之，故聲名喧赫於遠邇。

及游場屋，攜文詣故兵部尚書楊公昭儉，楊公曰：「子之文章，世無如者已二百年餘矣。」崖相盧公方在翰林，一見公，謂公奇士無敵。開寶六年，太祖御講武殿，覆試禮部貢士，公年二十有七，一舉登進士第。太祖方注意刑政，去州郡馬步使立號，新立司寇參軍。八年，公釋褐，首其任於宋州。九年，以治獄稱職，就遷録事參軍。太宗即位四年，親平晋，擢公爲贊善大夫，公從駕督楚、泗八州芻粟，皆先期集事，太宗嘉之。會常、潤二州群盜起，命公知常州。公至，使諭盜曰：「吾來，汝速歸。歸則生，又厚賞汝，不歸將盡死矣。」遂設奇多捕獲，咸戮之。賊懼，稍稍有歸者，公撫慰之，給府庫衣物，私出緡錢益之。自解衣加其酋首，皆致於左右。或説公曰：「寇不可近，且虞或變之禍也。」公曰：「彼失所則爲盜，得其所則吾民矣。始懼死而我親愛之，出其望也。我亦赤心感之，未歸者盡思歸我矣。」果如其言，不半歲，闔境肅寧。遷殿中丞。明年，移知潤州，拜監察御史。潤人熟公治常之跡也，畏公如神明。

太平興國九年，詔歸，出貝州，加殿中侍御史。明年，坐與兵馬都監執公事爭鬬，貶上蔡令，時雍熙二年也。公在常州多所殺戮，蔡人畏公之名也。公即蔡，悉召父老與言：「政有害民者，以利除之。」民有辭訟，非故鬬至傷者，必盡其理而赦之。」民皆曰：「公非不能震畏，實愛我之深也。」督租賦不以刑，勸諭其約而已。民懷公仁，莫敢逋負。明年春，大舉兵取幽、薊，公率民饋糧從軍。初，王師將之涿州，數與契丹戰，有酋帥領萬餘騎與我軍帥米信相持不解，忽遣使求欲降，公知之，謂人曰：「兵法云：『無約而請和者，謀也。』彼必有謀，急攻之，必勝。」時米信遲疑，越二日，約未定，酋帥驟引騎來戰。後聞之，蓋矢乏，俟徵矢於幽州也。其見機如此。

公自涿州還闕下，乃上書乞從邊軍效死，太宗憐之，復得殿中侍御史。使河北，多言邊事，太宗頗納之。又上書曰：「臣以幽州未歸，匈奴未滅，望陛下於河北用兵之地，賜臣步騎數千，令臣統帥行伍。況臣年今四十，膽氣方高，比之武夫，粗識機便。如此，則得盡臣子忠孝之道。」明年，詔文臣中有武略知兵者，公奉詔改崇儀使、知寧邊軍。公至，治以仁，愛士卒，專訓練，明賞罰。冬十二月，沿邊州郡相馳，告以契丹將犯邊，急設備。居數日，連受八十餘牒，公獨不告。時宣徽使郭公守文主軍陣，公馳書陳五事，料蓄賊必不犯邊，契丹果不動。其料敵如此。

寧邊者，定州博野縣也，以其控要，始建軍，以公莅之。白萬德者，鎮州真定人也，爲契丹貴人。沿界蕃族七百餘帳，皆萬德往來轄之。博野之豪傑，或爲萬德姻族故人者，往往出入界上，以見萬德。公潛知之，乃陰結豪傑，漸與親密，夜引豪傑入卧内，與之飲，謂曰：「汝能爲我説萬德，則幽州可立取，汝必爲貴人也。」豪傑許諾，公使謂萬德曰：「中原失幽、薊六十餘年，今朝廷大興師衆，必將取之。爾生中國，則朝廷爲父母之邦，奈何棄禮義而事胡虜？爾能南歸，則分茅列土，爲公爲侯，世世不絶，功在史册，非爾何人也？」萬德大喜，使豪傑請約。公再使謂萬德曰：「必也順動。爾始終受虜文命，可先示我，我崇儀之命，亦爲爾質。」豪傑去未返，會有詔罷公歸闕，其夜豪傑返，公曰：「爾遽止，吾去矣。」因歎曰：「吾將使萬德爲内應，而密奏於上，我先以輕騎直走，掩其不備，命諸將分道提精兵疾入，則幽州可下也。不集吾事者，非天矣夫？」

抵闕下，去知全州，端拱元年也。全民方苦蠻寇，先是。全西溪洞有粟氏者，聚族五百餘口，率常殺掠民，虜民婦女。以至户無積糗，野無耕牛，皆爲粟氏攘奪，雖隻雞斗粟，悉致民命。朝廷遣使臣置峽口、香煙、羊狀等七寨禦之，不能制其爲患。公至，乃出府庫帛，製衣，造銀帶暨巾帽數百副，選衙吏之勇辨可使者，得三人，俾入溪洞，諭粟氏曰：「天子擇我來此，爾輩倚山恃嶮而害我民。爾出，當與爾賞，與爾屋爲爾居，與爾田爲爾業。

不然，將益兵深入，盡滅爾類矣。」粟氏懼，留衙吏二人爲質，其一與粟氏酋長五人俱出，公賜以衣帽、銀帶、緡錢，親犒勞撫慰，謂吏民曰：「粟氏自此不爲爾患，可犒之。」吏民爭以鼓樂飲粟氏。居數日，公命粟氏乘馬還洞口，約日并族而出。至日，酋長先率數十人來歸。不月，攜老幼盡數百口俱至。公賞犒如一，遂營室而使聚居焉。作《時鑑》一篇，刻石以誡之。遣酋首詣京師，太宗命五酋首皆爲全之上佐官。至今被命服，有俸給，而完其族也。太宗以公爲能，賜錢三十萬。

淳化元年，移知桂州。明年，詔歸。明年，爲黥徒訴，入臺獄，貶滁州團練副使。初，公治全也，有僧暨吏教令人誣告公〔一〕，公劾之，撻其背，黥而送京師。至是，二人謂罪不至此，故公當之。明年，詔還，復得崇儀使，賜錢三十萬，命公知環州。州與吐蕃接。先是，吐蕃常與環人貿易，環人悉詐其斗秤，其物直之增減與漢價不類，蕃、漢民多以此鬥。官司黨漢而虐蕃，故蕃情常怨於我。公至，平其斗秤，一其物直，擒民之欺蕃者刑之。蕃情翕然愛公，每見公出，歡呼號喜。

明年春，移邠州。邠民方困輦饋，初運稍絶，再運又起而發其半，富民大賈悉蕩其業，轉運使又遣使至，起第三運，皆赴環州。百姓惶駭，聚數千人，争入州署號訴，曰：「力已不逮，願就死於公矣！」公與使者起立，厲聲諭之曰：「爾無慮，必爲爾罷之。」因命吏遣書於運使曰：「開近離環州，知其糧草，如不增大兵，可有四年之蓄。今蠶農方作，再運半發，老幼疲獘，畜乘殆竭，奈何又苦之？如不罷，開即馳詣闕，言於上前。」三日，吏迴，罷之。邠民大呼叩頭感公，多泣下者，闔境圖公像而拜之。冬，詔歸，邠民擁城門，不得出，因夜潛去。

時曹民多訟，屢構大獄。至道元年，以公知曹州，不數月，辭鬬咸息。公上書言祖、父暨母、叔而下，皆未定葬，願得近魏官，謀葬也。許之。秋八月，賜錢二十萬，移邢州。明年，葬尊幼二十三喪，求假歸魏。公徧撫其柩，盡哀而聲不絶者數日，皆自誌其墓，魏人以公孝愛之厚可化於世也。

明年，太宗升遐，加如京使。明年，今上改元咸平，公秩滿入覲，尋出知代州。既受命，又上書言邊事及諫減省職官、訓練士卒，書奏，上頗悦之。公至代，代城多壞不葺，公曰：「皆太宗躬被戎衣而有此地〔二〕，咫尺寇敵，至何以禦？」代之將帥不恥不能先公之謀，皆沮其議，曰：「邊寇不動，勞民不可。」公曰：「俟其動，何及也？」力奏而葺之，諸將怨公。公謂姪混曰：「吾觀胡星有光，雲氣多從北來，犯我境上，寇將至也。吾聞師克在和，今諸將怨我，若有動，彼必構危於我也。」因奏曰：「代爲重地，臣不材，不可居，願得一小郡治之。」明年春，移忻州。秋，契丹果動。九月，公上書乞聖駕起河北。十一月，郊祀畢。十二月，車駕幸魏，虜騎悉引去。明年春正月，車駕還京師。上以契丹入寇，皆由雄、霸、滄州路，詔公知滄州，兼兵馬鈐轄。二月，公受命，疽發於其首，自忻乘肩舁至并州。三月有六日，卒于并，年五十有四。公之仕也，積階至金紫，檢校至司空，兼秩至御史大夫，勳至上柱國，爵至河東縣伯，食邑至九百户。

公病亟，命筆曰：「吾十年著一書，意今未畢，可傳於世。吾將死矣。」門人張景名其書曰《默書》，其言淵深而宏大，非上智不能窺其極。公以默而著之，後心有默而觀之，默而行之者，默之義遠矣哉！公以大儒名於天下，學者率以公爲蓍龜，得公一顧，聲名四出。公好賓客，樂道人善，不以己之能而病人之不能也〔三〕。嘗謂張景曰：「吾於《書》止愛《堯》、《舜典》、《禹貢》、《洪範》，斯四篇，非孔子不能著之，餘則立言者可跂及矣。《詩》之《大雅》、《頌》，《易》之《爻》、《象》，其深焉，餘不爲深也。」公於經籍，皆極聖人之心膂，況經之下哉？歷代之興亡治亂、星辰氣候、山川地理，如示諸掌。頗究《陰符》《素書》、孫武之術，故其道不滯於物，其爲大賢人也。

天下用文治，公足以立制度，施教化，而建三代之治；天下用武治，公足以削暴亂，攘夷狄，而成九伐之勳。惜乎！不竟其用也！哀哉！《河東先生集》卷末附録

〔二〕「令」，四庫全書本作「全」。

〔二〕「皆」，孫本作「昔」。

〔三〕「病」，叢書堂本、《四部叢刊》本、孫本並作「揚」。

題柳仲塗天平山記後

韓　琦

林慮天平山者，天下絶勝之境也。山有僧院曰明教。余三來守相，欲一觀而未得。每僚屬出按縣，與夫過客之好事者，悉能往而游焉，回必大詫於余曰：「是實雄偉俊拔，不可圖畫，雖東南諸山素有名者，皆所不及。」

余姪婿柳材者，本朝大儒仲塗公之孫也。余嘗得公所撰《游天平山記》于材家，見其所叙游覽之勝，凡山之諸峯與巖洞潭谷澗溪泉石之名，無不具載。而聞今之所稱類多與公所記改易不同，於是予益欲往，周訪其實，續爲説以明之。而院之主僧智因者得美石，欲先以仲塗公之文刻而傳之，故余未克如其志。

噫！公之此文，不傳久矣！非余得於其家，而因師之勤如此，是必沉鬱而不顯。柳公之文固有神物所護，使卒能傳之也耶？既刻石，余因舉其大略以書于後。具位韓某題。《安陽集》卷二十三

柳開傳

王偁

柳開字仲塗，大名人也。父承翰，仕至監察御史。開幼警悟豪勇，父顯德末爲南樂縣令，有盜入其家，衆不敢動，開年十三，亟取劍逐之，盜逾垣，開揮劍斷其足二指。及就學，講説能究經旨。舉進士第。

自五代以來，學者少尚義理。有趙生者，得韓文數十篇，未達，乃携以示開。開一見而遂知爲文之趣，自是屬辭必法韓愈，初名肩愈，蓋慕之也。開尚氣自任，不顧小節，所與交必時之豪俊。

初爲宋州司寇，治獄稱職，遷録事參軍。太宗征河東，開從駕督糧。適常、潤有小寇，遂以開知常州，徙潤州。開至治所，招誘群盜，以奉金給之。又解衣與賊酋，置之左右，或謂不可，開曰：「彼失所則盜，不爾則吾民也。始懼死，故假息鋒刃之下。今推以赤心，夫豈不懷！」未半歲，境内輯寧。拜監察御史，召還，知貝州。

雍熙中，坐與監軍忿争，貶上蔡令。會王師北伐，開部糧至涿州，遇米信與契丹戰，久不解，遣使求和，開謂信曰：「兵法：『無約而請和，謀也。』亟攻必勝。」信不能決，後三日，復引兵來挑戰。開因上書願效死邊鄙，遂除殿中侍御史，命使河北。又上書願賜步騎數千以滅胡，太宗方擇文臣有武略者用之，即授開崇儀使、知寧邊軍。契丹貴將白萬德，本真定人，統緣邊七百餘帳。開因其親族往來，令説萬德，許以藩鎮，俾挈幽州之衆内屬，萬德喜，請期約。使未還，徙知全州。

州之西有溪洞蠻粟氏久爲邊患，朝廷設峽口、香煙等七砦，不能禦。開至，選勇辨吏往説之。不逾月，携老幼至州，開賦其居業，作《時鑑》一篇，刻石戒之。遣其酋赴闕，授州上佐，邊患遂息。詔賜開緡錢三十萬。會有黥卒訟非辜者，坐削二官。頃之，上書自陳，還舊秩。知環州，爲理互市不直者，戎落悦服。徙知邠州，又知曹、邢二州，遷如京使。上書言時政，真宗嘉納之。

又徙代州，葺城壘戰具，諸將沮議，因謂其從子浩曰：「吾觀胡星有光，雲從西北來，殆寇將至。今諸將見疾，一旦寇至，必危我矣。」即丐小郡，得忻州，虜果犯塞。徙滄州，未至卒，年五十四。

開著書號東郊野夫，又號補亡先生，作二傳以見意。時范杲好古學，開與齊名，謂之「柳、范」。開垂絶，語門人張景曰：「吾十年著一書，可行於世。」景爲名之曰《默書》，辭義稍隱，讀難遽曉也。《東都事略》卷三十八

柳開傳〔一〕

曾　鞏

柳開字仲塗，大名人。父承翰，仕至監察御史。開幼警悟豪勇，父顯德末爲南樂令，有盜入其家，衆不敢動，開十三歲，亟取劍逐之，盜踰垣，開揮刃斷其二足指。及就學，講説能究經旨，開寶六年登進士第，官至如京使。知忻州，徙滄州，未至卒，年五十四。子涉遷居荆南，仕爲隍城使。

五代學者少尚義理。有趙生者，得韓愈文數十篇，未達，乃携以示開。開一見遂知爲文之趣，自是屬辭必法韓、柳，初名肩愈，蓋慕之也。著書號東郊野夫，又號補亡先生，作二傳以見意。時范杲好古學，開與齊名，謂之「柳、范」。開垂絶，語門人張景曰：「吾十年著一書，可行於世。」景爲名之曰《默書》，辭義稍隱，讀難遽曉。開尚氣自任，不顧小節，所與交者必時之豪俊。

太宗征河東，開從駕督糧，適常、潤有寇，遂選開知常州。開至治所，招誘群盜，以俸金給賞之，又解衣與盜酋，置之左右。或謂不可，開曰：「彼失所則盜，不爾則吾民也。始懼死，故假息鋒刃之下。今推以赤心，夫豈不懷！」未半歲，境内輯寧。

雍熙初，坐與監軍忿争，貶上蔡令。會王師北伐，開部糧至涿州，遇米信與北虜戰，久不解，遣使求和。開謂信曰：「兵法：『無約而請和，謀也。』亟攻必勝。」信不能決。後二日，復引兵挑戰，諜知求降乃以矢盡，及幽州救至，故復戰耳。開因上書，願效死邊鄙，太宗憐之，除殿中侍御史。命使河北，又上書，願賜步騎數千以滅胡，上方擇文臣有武略者，即授開崇儀使，知寧邊〔原作遠〕軍。契丹貴將白萬德，本真定人，統緣邊七百餘帳。開因其親族往來，令説萬德，許以藩鎮，俾挈幽州之衆内屬。萬德喜，請爲期約。使未還，詔徙知全州。

州西有溪洞蠻粟氏久爲邊患，朝廷設峽口、香煙等七寨，不能禦。開至，選勇辯吏往説之，不踰月，攜老幼至州。開賦其居業，作《時鑑》一篇，刻石戒之。遣其酋赴闕，授州上佐，邊患遂息，詔賜開緡錢三十萬。會有駢卒訟非辜州下吏，削二官。頃之，上書自陳，復還舊秩。

知環州，爲理互市不直者，戎落悦服。徙知邠州。真宗即位，遷如京使，上書言時政，上嘉納之。又徙代州，葺城壘戰具，諸將沮議，因謂其從子浩曰：「吾觀虜星有光，雲多從西北來，寇殆將至。諸將見嫉，一旦寇至，必危我矣！」即丐小郡，得忻州。是秋虜果犯塞。《隆平集》卷十八　案，杜大珪《名臣碑傳琬琰集》下集卷七同。

〔一〕文題爲校點者自擬。

徐鉉與柳開

蔡絛

徐鉉坐事出峽右，柳開時爲刺史。開性豪横，稍不禮鉉。一日太宗聞開喜生膾人肝，且多不法，怒甚。命鄭文寶將漕陝部，因以治開罪。開聞此大懼，知文寶素師事鉉，遲文寶垂至，始求於鉉。鉉曰：「彼昔爲鉉弟子，然時易事背，安能必其心如何？」開再拜曰：「先生但賜一言足矣。」鉉諾之。頃文寶持獄具來，不見開，即屏從者趨入委巷，詣鉉居，覲鉉，立庭下。鉉徐出，文寶拜竟，升自西階，通温清，復降拜，鉉乃邀文寶下，立談道舊，且戒文寶以持節之重，鉉閒廢，後勿復來。文寶力詢所欲，鉉但曰：「柳開甚相畏尔。」文寶默然，出則其事立散。《鐵圍山叢談》卷四

柳開誘盗三則

宋潤州太守柳開，太宗征河東，開從駕督糧，適常、潤有小寇，遂以開知常州，徙潤州。《嘉定鎮江志》卷十五

《元一統志》：開治郡，所至招誘群盗，以俸金給之，又解衣與賊酋，置之左右。或謂不可，開曰：「彼失所則爲盗，不爾則吾民也。始懼死，故假息鋒刃之下，今推以赤心，夫

豈不可化？」未半歲，境内輯寧。《嘉定鎮江志》附録卷十五　柳開注

宋柳開守潤，既至治所，招誘群盜，以奉金給之，又解衣與賊酋，置之左右。或謂不可，開曰：「彼失所則盜，不爾則吾民也。始懼死，故假息鋒刃之下，今推以赤心，夫豈不懷！」未半歲，境内輯寧。《至順鎮江志》卷二十郡事

宋史列傳　元脱脱等

柳開字仲塗，大名人。父承翰，乾德初監察御史。開幼穎異，有膽勇。周顯德末，侍父任南樂，夜與家人立庭中，有盜人室，衆恐不敢動，開裁十三，亟取劍逐之，盜踰垣出，開揮刃斷二足指。既就學，喜討論經義。五代文格淺弱，慕韓愈、柳宗元爲文，因名肩愈，字紹先。既而改名字，以爲能開聖道之塗也。著書自號東郊野夫，又號補亡先生，作二傳以見意。尚氣自任，不顧小節，所交皆一時豪儁。范杲好古學，大重開文，世稱爲「柳、范」。王祐知大名，開以文贄，大蒙賞激。楊昭儉、盧多遜並加延奬。開寶六年，舉進士，補宋州司寇參軍，以治獄稱職，遷本州録事參軍。太平興國中，擢右贊善大夫，會征太原，督楚、泗八州運糧。選知常州，遷殿中丞，徙潤州，拜監察御史。召還，知貝州，轉殿中侍御史。雍熙二年，坐與監軍忿争，貶上蔡令。

會大舉北征，開部送軍糧，將至涿州，有契丹酋長領萬騎與米信戰，相持不解。俄遣使紿言求降，開謂信曰：「兵法云：『無約而請和，謀也。』彼將有謀，急攻之必勝。」信遲疑不決，踰二日，賊復引兵挑戰，後偵知果以矢盡，俟取於幽州也。師還，詣闕上書，願從邊軍效死，太宗憐之，復授殿中侍御史。

雍熙中，使河北，因抗疏曰：「臣受非常恩，未有以報，年裁四十，膽力方壯。今契丹未滅，願陛下賜臣步騎數千，任以河北用兵之地，必能出生入死，爲陛下復幽、薊，雖身没戰場，臣之願也。」上以五代戰爭以來，自節鎮至刺史皆用武臣，多不曉政事，人受其弊，欲兼用文士，乃以侍御史鄭宣、户部員外郎趙載、司門員外郎劉墀並爲如京使，左拾遺劉慶爲西京作坊使，開爲崇儀使，知寧邊軍。

徙全州，全西溪洞有粟氏，聚族五百餘人，常鈔刼民口糧畜，開爲作衣帶巾帽，選牙吏勇辯者得三輩，使入諭之曰：「爾能歸我，即有厚賞，給田爲屋處之；不然，發兵深入，滅爾類矣。」粟氏懼，留二吏爲質，率其酋四人與一吏偕來。開厚其犒賜，吏民爭以鼓吹飲之。居數日遣還，如期攜老幼悉至。開即賦其居業，作《時鑑》一篇，刻石戒之。遣其酋入朝，授本州上佐。賜開錢三十萬。

淳化初，移知桂州。初，開在全州，有卒訟開，開即杖背黥面送闕下，有司言卒罪不及徒，召開下御史獄劾繫，削二官，黜爲復州團練副使，移滁州。復舊官，知環州。三年，移邠州，時調民輦送趨環、慶，已再運，民皆蕩析産業，轉運使復督後運，民數千人入州署號訴。開貽書轉運使曰：「開近離環州，知芻糧之數不增，大兵可支四年。今蠶農方作，再運半發，老幼疲弊，畜乘困竭，奈何又苦之？不罷，開即馳詣闕下，白於上前矣。」卒罷之。又知曹、邢二州。

真宗即位，加如京使，歸朝，命知代州。上言曰：

國家創業將四十年，陛下紹二聖之祚，精求至治。若守舊規，斯未盡善；能立新法，乃顯神機。

臣以益州稍静，望陛下選賢能以鎮之，必須望重有威，即群小畏服。又西鄙今雖歸明，他日未可必保，苟有翻覆，須得人制禦，若以契丹比議，爲患更深。何者？契丹則君臣久定，蕃、漢久分，縱萌南顧之心，亦須自有思慮。西鄙積恨未泯，貪心不悛，其下猖狂，競謀兇惡，浸漁未必知足，姑息未能感恩，望常預備之。以良將守其要害，以厚賜足其貪婪，以撫慰來其情，以寬假息其念。多命人使，西入甘、涼，厚結其心，爲我聲援，如有動静，使其掩襲，令彼有後顧之憂，乃可制其輕動。今甲兵雖衆，不及太祖之時，人人練習，謀臣猛將，則又懸殊，是以比年西北屢遭侵擾，養育則月費甚廣，征戰則軍捷未聞。誠願訓練禁戢，使如往日，行伍必求於勇敢，指顧無縱於後先，失律者悉誅，獲功者必賞，偏裨主將不威嚴者去之。聽斷之暇，親臨殿庭，更召貔虎，使其擊刺馳驟，以彰神武之盛。

臣又以宰相、樞密，朝廷大臣，委之必無疑，用之必至當。銓總僚屬，評品職官，內則主管百司，外則分治四海。今京、朝官則別置審官，供奉、殿直，則別立三班；刑部不令詳斷，別立審刑，宣徽一司，全同散地。大臣不獲親信，小臣乃謂至公。至如銀臺一司，舊屬樞密，近年改制，職掌甚多，加倍置人，事則依舊，別無利害，虛有變更。臣欲望停審官、三班，復委中書、樞密、宣徽院，銀臺司復歸樞密，審刑院復歸刑部，去其繁細，省其頭目。

又京府大都，萬方軌則，望仍舊貫，選委親賢。今皇族宗子悉多成長，但令優逸，無以試材，宜委之外藩，擇文武忠直之士，爲左右贊弼之任。

又天下州縣官吏不均，或冗長至多，或歲年久闕。欲望縣四千户已上選朝官知，三千户已上選京官知。省去主簿，令縣尉兼領其事。自餘通判、監軍、巡檢、監臨使臣並酌量省減，免虛費於利禄，仍均濟於職官。又人情貪競，晦態輕浮，雖骨肉之至親，臨勢利而多變。同僚之內，多或不和，伺隙則至於傾危，患難則全無相救，仁義之風蕩然不復。欲望明頒告諭，各使改更，庶厚化原，永敦政本。

恭惟太祖神武，太宗聖文，光掩百王，威加萬國，無賢不用，無事不知。望陛下開豁聖懷，如天如海，可斷即斷，合行即行，愛惜忠直之臣，體察姦諛之黨。臣久塵著位，寖荷恩寵，辭狂理拙，唯聖明恕之。

開至州，葺城壘戰具，諸將多沮議不協。開謂其從子曰：「吾觀昴宿有光，雲多從北來犯境上，寇將至矣。吾聞師克在和，今諸將怨我，一旦寇至，必危我矣。」即求換郡，徙忻州刺史。及契丹犯邊，開上書，又請車駕觀兵河朔。四年，徙滄州，道病首瘍卒，年五十四。録其子涉爲三班奉職。

開善射，喜奕棋，有集十五卷。作《家戒》千餘言，刻石以訓諸子。性倜儻重義，在大名，嘗過酒肆飲，有士人在旁，辭貌稍異，開詢其名，則至自京師，以貧不克葬其親，聞王祐篤義，將丐之。問所費，曰：「二十萬足矣。」開即罄所有，得白金百餘兩，益錢數萬遺之。

開兄肩吾，至御史。肩吾三子，湜、灝、沆並進士第，灝祕書丞。《宋史》卷四百四十

柳開傳

柯維騏

柳開，字仲塗，大名人。父承翰，監察御史。五代文格淺弱，慕韓愈、柳宗元爲文，因

名肖愈，字紹元，既而改名字，以爲能開聖道之塗也。著書自號東郊野夫，又號補亡先生，作二傳以見意。尚氣自任，不顧小節。范杲好古學，尤重開文，世稱爲「柳、范」。

開寶六年第進士，歷宋州録事參軍。太宗累遷殿中侍御史。因事貶上蔡令。時朝廷鋭意北征，開詣闕，上書願效死戎行。上憐之，復授元職。出使河北，因抗疏曰：「臣受非常恩，未有以報。今契丹未滅，願賜臣步騎數千，任以河北用兵之地，必能出生入死，克復幽、薊。雖身没戰場，臣之願也。」上以五代戰争以來，自節鎮至刺史皆用武臣，不諳政事，於是欲兼用文士。以開爲崇儀使，知寧邊軍。

徙全州，全西溪洞有粟氏聚族五百餘人，常鈔刼民口糧畜。開爲作衣帶巾帽，選牙吏勇辨者得三輩，諭降，即賦其居業，作《時鑑》一篇，刻石戒之。遣其酋入朝，授本州上佐。賜開錢三十萬。

淳化初，移知桂州，坐事黜爲復州團練副使。移滁州。復舊官。知環州。三年，移邠州。到州葺城壘戰具，諸將多沮議不協，開謂其從子曰：「吾觀昴宿有光，雲多從北來，犯邊上，寇將至矣。吾聞師克在和，今諸將怨我，一旦寇至，必危我矣。」即求换郡，徙忻州刺史。四年，徙滄州，道病首瘍卒，年五十四。録其子。

開善射，喜奕棋，有集十五卷，作《家戒》千餘言，刻石以訓諸子。性倜儻重義，在大名嘗過酒市飲，有士人在旁，辭貌稍異，開詢其名，則至自京師，以貧不克葬其親，聞王祜篤義，將丐之。問所費，曰：「二十萬足矣。」開即罄所有，得白金百餘兩，益錢數萬遺之。開兄肩吾，至御史。肩吾三子，湜、灝、沆並進士第。《宋史新編》卷一六九

厲鶚宋詩紀事（選録）

塞上曲

鳴髇直上一千尺，天静無風聲更乾。碧眼胡兒三百騎，盡提金勒向雲看。《倦遊雜録》：

馮太傅端嘗書此詩，顧坐客曰：「此可畫于屏障。」

楚南樓

洗盡鑾烟几案空，登臨直見楚山雄。坐當鴻鵠高飛處，身在乾坤灝氣中。木落有情瞻北闕，霜輕無夢入西風。憑闌自是蓬瀛客，獨對瀟湘興未窮。《顧氏積書巖選》卷二

知州柳補亡先生開 附趙生

王梓材　馮雲濠

柳開字仲塗，大名人。幼警悟豪勇。及就學，講説能究經旨。開寶六年登進士第，官至如京使，知忻州，徙滄州，未至卒，年五十四。五代學者少尚義理，有趙生者，得韓愈文數十篇，未達，乃携以示先生，先生一見遂知爲文之趣，自是屬辭必法韓、柳。初名肩愈，蓋慕之也。著書號東郊野夫，又號補亡先生，作二傳以見意。先生垂絶，語門人張景曰：「吾十年著一書，可行於世。」景爲名之曰《默書》，辭義稍隱，讀難遽曉。先生尚氣自任，不顧小節。太宗除殿中侍御史，命使河北。上方擇文臣有武略者，即授先生崇儀使，知寧邊〔原作遠〕軍。徙全、環、邠、代諸州。《隆平集》

梓材謹案：晁景迂爲《李挺之傳》，云師河南穆伯長，又云挺之事先生益謹，嘗與參校柳文，蓋仲塗之文也。又案：《宋史・文苑》先生本傳云：「弱冠慕韓愈、柳宗元爲文，因名肖愈，字紹元，既而改名字，以爲能開聖道之塗也。」《隆平集》「肩愈」當是「肖愈」之異。梓材又案：趙生天水人，老儒也，見張景所撰先生行狀。

柳氏家戒　　同前

皇考治家孝且嚴，朔望，弟婦等拜堂下畢，即上手低面，聽我皇考訓誡曰：「人家兄弟無不義者，盡因娶婦入門，異姓相聚，争長競短，漸漬日聞，偏愛私藏，以至背戾，分門割户，患若賊讎，皆婦人所作。男子有剛腸者，幾人能不爲婦人言所惑？吾見多矣，若等寧有是耶？」退則惴惴不能出一語爲不孝事。開輩抵此賴之得全其家云。

雲濠謹案：仲塗之父承翰，字繼儒，嘗拜監察御史，累贈至秘書少監。年二十一，學詩於隱者孟若水，從万俟生授字，學爲文章。仲塗志其墓稱：「太祖召上殿，言曰：『聞爾治家嚴而平，如朕治天下也。居官處食井水外，無一有取。吏犯必責不貸，公事不枉而速。儼立危坐，人過促走，若覩神明。鄉黨親賓畏爾。不爲不善，不厚妻子，不疏弟姪，不私蘊，不妄求，朕知爾久也。』」又云：「閏後奉歸大名府縣。開記先君常與諸叔聚話，指汝弟兄語曰：『吾湯陰時，征蜀，帝命汝母伯氏王公諱玭爲招討副使，告行曰：帝欲與公屬大官。公召，吾不往，報曰：男兒當自立，不能學人因婦家覓富貴也。同吾事帝者，半爲王侯，其後番番相傾，朝爲賤人，夕爲貴臣。面垢未除，頂冠峩焉；門朱未乾，屍血流焉。初暱比比，漸異索索；以侵以諜，以陷以削；逐之以離，滅之以夷；因小敗家，及大累國。

吾苟與斯輩同，安有渠得今日見眼前耶？載金連車，不如教子讀書。彎弓騎馬，功成無價；彈絲吹竹，身衣罔覆；累棋奕奕，舉口莫食；杯酒是味，不賊而斃。在家了了，出門皎皎；養兒勝虎，猶患不武；多學廣智，少宦諳事。爲官納貨，莫大此禍；侮文弄法，天誅鬼殺。以私害公，反必及躬。吾豈徒言哉？汝等勉之。』」少監之言行如是，宜仲塗又述之，以爲家戒。閏則仲塗之弟也。又仲塗爲季父承遠墓誌云：「耳病無所聞，五、七歲即李先生教書畫字。」又爲從叔户曹承陟墓誌云：「廣順中，詩者韋鼎來自衡山，從之游，得其旨。」爲從兄節推閔肩回墓誌云：「年十七授《書》《易》，膠東胡生通誦之。其仲女爲張景之妻。」柳氏之家學淵源，可類見如此。

河東先生集　　同前

人之不幸由乎天，身之不幸由乎己，己之者甚乎天之者也。苟有外其貌而内其情，于儒何幸哉？《上大府王祐學士書》

道也者，總名之謂也。衆人則教矣，賢人則舉矣，聖人則通矣。秉燭以居暗，見不逾于十步；捨而視于月之光，邇可分，遠不可窮；及乎日出之朝，宇宙之間無不洞然矣。衆人，燭也；賢人，月也；聖人，日也。《上王學士第三書》

六經之辯，其文兼，其政遂，其用簡於人，其功扶于時。《答臧丙第二書》

夫子之于經書，在《易》則贊焉，在《詩》《書》則删焉，在《禮》《樂》則定焉，在《春秋》則約史而修焉。在《經》則因參也而語焉，非夫子特然而爲也。在《語》則弟子記其言紀焉，亦非夫子自作也。聖人不以好廣于辭而爲事也，在乎化天下，傳來世，用道德而已。若以辭廣而爲事也，則百子之紛然競起異説，皆可先于夫子矣。《昌黎集後序》

附　録

同　前

自爲《東郊野夫傳》，曰：「人莫之識也。與其交者，無可否，無疑忌，賢愚貴賤，視其有分，久與之往還，益見深厚。或持其無賴之心者，謂其真若鄙愚人也，即事以欺之，復有以一得便再以二三而謀，從計其利。雖後己或自敗，野夫與始亦無暫異，終不言之，然終未有能出其度内者。」

或曰：「子居貧賤而務施仁義，司馬氏之所譏也。」野夫對曰：「吁哉！君子計人之急，豈謀己乎？當貧賤而能施諸仁義，斯所難也。當貴富而將施之，即孰不爲能乎？且司馬氏蓋異其君子者耳，所以著書而多離于夫子之旨焉。或退處士而逞姦雄，或先黄老而後六經，蓋例若此也。吾所恥耳。」

乾德戊辰中，遂著《東郊書》百篇，大以機譎爲尚。功將餘半，一旦悉出焚之。曰：「先師所不許者也。吾本習經耳，反雜家流乎？」

凡所與往還者，悉歸其指，詔亦以爲軻、雄之徒也。捧書請益者咸云：「韓之下二百年矣，今有子矣。」野夫每報之曰：「不敢避是，願盡力焉。」或曰：「子無害其謙之光乎？」對曰：「當仁而不讓者，正在此矣。」

又爲《補亡先生傳》曰：

先生既著野史，後大探六經之旨，已而有包括揚、孟之心，樂爲文中子王仲淹齊其述作，遂易名曰開，字曰仲塗。其意謂將開古聖賢之道于時也，將開今人之耳目使聰且明也，必欲開之爲其塗矣，使古今由于吾也。故以仲塗字之，表其德焉。

先生始盡心于詩書，以精其奥。每當卷，嘆曰：「嗚呼！吾以是識先師之大者也。不幸其有亡逸者哉，吾不得見也，未知聖人之言復加何如耳。」尤于餘經博極其妙，遂各取其亡篇以補之。凡傳有義者，即據而作之，無之者復己出辭義焉，故號曰補亡先生也。

先生常語人曰：「夫六經者，夫子所著之文章也，與今之人無異耳。蓋其後之典教不能及之，故大于世矣。吾獨視之與汝異耳。」

有講書以教後學者，先生或詣其精廬，適當至《虞書·堯典篇》，曰：「日中星鳥，以正仲春。」説云：「春分之昏，南方朱鳥之星畢見，觀之以正仲春之氣也。」先生乃問曰：「然夫云『日中星鳥，以正仲春』者，是仲春觀朱鳥之星以正其候也。且云朱鳥者，南方之宿，以主于夏也。既觀其星以正其候，即龍星乃春之星也。春主于東方，可觀之以正其候也。今何不云是而反觀朱鳥之星，何謂也？」説者不能對，惟云傳疏若是，無他解矣。先生揮其座者，曰：「起前，吾語汝。夫歲周其序，春居其始，四星各復其方。聖人南面而坐，以觀天下。故春之時朱鳥之星當其前，故云觀之以正仲春矣。」四座無不拜而言曰：「先生真達于經者也，所以于補亡不謬矣。」

知寧邊軍，徙全州。全西溪洞有粟氏，聚族五餘人，常鈔刼民口糧畜。先生爲作衣帶巾帽，選牙吏勇辯者得三輩，使入諭之曰：「爾能歸我，即有厚賞，給田爲屋處之，不然，發兵深入，滅爾類矣。」粟氏懼，留二吏爲質，率其酋四人與一吏偕來。先生厚其犒賜，吏民爭以鼓吹飲之。居數日遣還，如期携老幼悉至。先生即賦其居業，作《時鑑》一篇，刻石戒之。遣其酋入朝，授本州上佐。

命知代州，至州葺城壘戰具，諸將多沮議不協，先生謂其從子曰：「吾視昴宿有光，雲多從北來犯境上，寇將至矣。吾聞師克在和，今諸將怨我，一旦寇至，必危我矣。」即求换郡，徙忻州刺史。

性倜儻重義，在大名嘗過酒市飲，有一人在旁，辭貌稍異。先生詢其名，則至自京師，以貧不克葬其親，聞王祜篤義，將丐之。問所費，曰：「二十萬足矣。」先生即罄所有，得白金百餘兩，錢數萬，遺之。

嘗謂張景曰：「吾于書止愛《堯》《舜典》《禹貢》《洪範》，斯四篇，非孔子不能著之，餘則立言者可跂及矣。《詩》之《大雅》《頌》，《易》之《爻》《象》，其深焉，餘不爲深也。」

程洺水《全州賜名清湘書院記》曰：案公以開寶六年登進士第，張公作《行狀》，乃咸平三年。而公序韓公集有曰：「予讀先生之文，年十七，今凡七年。」然則在國初固已得韓集，去穆公修時已數十年矣。歐陽公修、蘇公軾更出其後，而歐公略不及之，乃以爲天下未有道韓文者，何也？范公仲淹作尹公洙集序，亦云：「五代文體薄弱，皇朝柳仲塗起而麾之。時人專事藻飾，謂古道不適于用，廢而弗學者久之。師魯與伯長、歐陽永叔從而振，由是天下之文一變而古。」讀范公此序，則韓之道始發于公，而尹公、穆公、歐陽公，皆繼公之緒無疑也。夫如是，則洗西崑之陋而上承六藝之統，使我宋之文體陶育大醇，公之功實在諸儒之先。初，公刺史全州也，作堂湖山，遐邇來學，親爲指授，迨今全人師慕如新。前牧守監司援白鹿故事，乞名書院，無慮十數。寶慶改元，程侯榆典州事，顯述顛末，復請于朝，名以清湘書院。以上并見《宋元學案補遺》卷九

宋人軼事彙編

柳崇儀開，家雄於財，好交結，樂散施。而季父主家事，靳不與。時趙昌言方在布衣，旅游河朔，因謁開，開屢請以錢乞趙，季父不與。開乃夜構火燒舍，季父大駭，即出錢三百千乞趙。由此恣其所施，不復吝。《青箱雜記》

柳開好大言凌物，應舉時，以文章投主司於簾下凡千軸，載以獨輪車，引試衣襴，自擁車入，欲以此駭衆取名。時張景能文有名，唯袖一書簾前獻之，主司大稱賞，擢優等。時人爲之語曰：「柳開千軸，不如張景一書。」《夢溪筆談》

柳仲塗赴舉時，宿驛。夜聞婦人私哭，其聲甚惋而哀，曉起詢之，乃同驛臨淮令之女。令在任恣貪墨，委一僕主獻納，及代還，爲僕所持，逼其女爲室。令度勢不可免，因許之，女故哭。柳素負節義，乃往見令，詰其實，令不能諱，悉告柳，柳忿怒曰：「願假此僕一見，爲子除害。」僕至柳室，則令市酒果鹽梅等物，伻闌呼僕入，叱曰：「脇主人女爲婦，是汝耶？」即奮匕首，殺而烹之。翌日召令及同舍飲，共食僕肉，飲散亟行。令往追謝，問僕安在，柳曰：「適共食者乃其肉也。」《談撰》

柳仲塗開知潤州，胡秘監旦爲淮漕，二人者俱喜以名鶩於時。旦造《春秋編年》，立五始，先經後經，發明凡例之類，切侔聖作。書甫畢，邀開於金山觀之，頗以述作自矜。開方拂案，開編未暇展閲，拔劍叱之曰：「小子亂常，名教之罪人也。生民以來，未有如夫子者，爾何輩，輒敢竊聖經之名，冠于編首！今日聊贈一劍，以爲後世狂斐之戒。」語訖，勇逐之。旦潤步躡衣，急投舊艦。鋒幾及身，賴舟人擁入，參差不免，猶斫數劍於舷，聊以快憤。《玉壺清話》

柳如京開知潤州。有錢供奉者，忠懿之近屬，乃父方奉朝請至京師。開來謁，造其書閣，見壁有婦人像甚美，詰以誰氏？對曰：「某之女弟也。」柳喜曰：「開喪耦已逾期，欲娶爲繼室。」錢曰：「俟白家君，敢議姻事。」柳曰：「以開之材學，不辱錢氏。」遂强委禽焉。不旬日，遂成禮，錢不敢拒，走介白其父，遂乞上殿，面訴柳開刼臣女。仁宗靖按當作真宗。問曰：「識柳開否？真豪傑之士也。卿家可謂得嘉婿矣，吾爲卿媒可乎？」錢父不敢再言，拜謝而退。《事實類苑》《墨客揮犀》同

柳開，魏郡人，性凶惡，舉進士至侍御史，後授崇儀使，知全州。嗜膾人肝，每擒獲溪洞蠻人必召宴官僚，設鹽截，遣從卒自背割取肝，抽佩刀割啖之，坐客悚慄。知荆州，常令伺鄰郡凡有誅戮，遣健步求取肝以充食。《事實類苑》

如京使柳開與處士潘閬爲莫逆交，而尚氣自任，潘常嗤之。端拱間，典全州，道出維

揚，潘迎謁江涘，因偕往傳舍。止於廳事，見一堂扃鑰甚秘，吏曰：「凡宿者多不自安，無人居已十稔。」柳曰：「吾文章可以驚鬼神，膽氣可以讋夷夏，何畏哉？」即啓户埽除，坐其間。閬密謂驛吏曰：「柳公我之故人，常輕言自衒。今作戲怖渠，無致訝也。」閬薄暮以黛染身，衣豹文犢鼻，吐獸牙，被髮執巨箠，由外垣入，正據廳脊，俯視堂廡。是夕月色晴霽，洞鑑毛髮。柳曳劍循階行，閬忽變聲呵之，柳悚然舉目。再呵之，似覺惶懼，遽云：「某假道服任，暫憇此舘，非意干忤，幸賜恕之。」閬遂疏柳生平幽隱不法之事，厲聲曰『陰府以汝積戾如此，俾吾持符追攝，便須急行。」柳茫然設拜曰：「事誠有之，其如官序未達，家事未了。儻垂恩庇，誠有厚報。」言訖再拜，繼之以泣，閬徐曰：「汝識吾否？」柳曰：「塵土下士，不識聖者。」閬曰：「只吾便是潘閬也。」柳乃連呼閬下。閬素知柳性躁暴，是夕潛遁。柳以慙恧，詰朝解舟。《觀山續録》

朝廷授開崇儀使知寧邊軍。其子涉，及第於咸平三年陳堯咨榜。唱名日，真宗召至軒陛，親詔涉曰：「夜來報至，汝父已卒。今賜汝及第，給錢三萬，俾戴星而奔，給獲旅櫬，特加軫悼。」《玉壺清話》　以上并見《宋人軼事彙編》卷四

二、序 跋

河東先生集序

張 景

一氣爲萬物母，至於陰陽開闔，嘘吸消長，爲晝夜，爲寒暑，爲變化，爲死生，皆一氣之動也。庸不知斡之而致其動者，果何物哉？不知其何物，所以爲神也。人之道不遠是焉，至道無用，用之者有其動也。故爲德，爲教，爲慈愛，爲威嚴，爲賞罰，爲法度，爲立功，爲立言，亦不知用之而應其動者，又何物也。夫至道潛於至誠，至誠藴於至明，離潛發藴其至而不知所至者，非神乎哉？堯、舜之揖讓，湯、武之征伐，周公之制禮樂，孔子之作經典，孟軻之拒楊、墨，韓愈之排釋、老，大小雖殊，皆出於不測而垂於無窮也。先生生於晉末，長於宋初，拯五代之横流，扶百世之大教，續韓、孟而助周、孔，非先生孰能哉？先生之道，非常儒可道也；先生之文，非常儒可文也。離其言於往跡，會其旨於前經，破昏蕩疑，拒邪歸正，學者宗信，以仰以賴，先生之用可測乎？藏其用於神矣。然其生不得大位，不克著之於事業，而盡在於文章，文章蓋空言也，先生豈徒爲空言哉？足以觀其志矣。今緝其遺文，得其九十六首，編成十五卷，命之曰《河東先生集》。先生名氏、官爵暨行事，備之《行狀》，而繫於集後。咸平三年夏五月己亥，門人張景述。

何焯題記二則

《河東先生集》鈔本多譌謬，第十卷卷首相仍缺半葉，他本遂并失去第二篇矣。其清先生偶以此本見示，其每行字數近古，前有張景序，又止作十五卷。因留之，與予家所傳四明黄太沖家本，又借虞山毛氏所傳叢書堂本互勘焉，改正添補共二百餘字，稍可讀矣。此本「通」字皆缺末筆，乃避明肅父諱，疑亦出于北宋刻云。康熙五十年辛卯春日何焯記。

《河東先生集》，陸君其清偶以鈔本見示，其每行字數近古，前有張景序，又止作十五卷，因留而對校。初謂兩日可了，乃因循作輟，遂至半月。甚矣衰！善病且怠於學也。其清不輕與人通假書籍，倦圃、竹垞兩先生欲鈔録其藏本甚祕者，即不肯出。尋常小書，亦必葉數卷數相當，始得各易所無。獨此段於予意尤厚，乃識不忘焉。康熙五十年二月，何焯書。以上録自陸其清鈔本

黄裳題記一則

適於估人許見一舊抄本，寫手飄逸，半葉十三行，二十二、二十三字不等，序後即接卷一，目後隨起正文，與此正同。卷十前缺一番，亦與此同。有「真趣」、「子孫保之」、「書癡畫癖」、「從吾所好」等印，又有紅豆山房惠氏三印，執經堂張氏數印。惜後佚去一卷及附録，未爲完本，估人又索高價，因未能得。還書前日取此本乃校數葉，未能終卷也。辛卯春分前，黄裳記。清道光十一年劉氏味經書屋鈔本黄裳題記

孫文川跋語一則

同治九年太歲庚午七月初八日巳刻校畢，時寓上海城内青蓮禪院。日來天氣酷熱，公事稍有頭緒，以餘閒校此，二日而峻。惜借得之南陽村鈔本亦甚潦草，其譌舛處多與此本相同，無從校勘。何處再借得一善本詳校之？澄之記。北京大學圖書館藏吕留良抄本孫文川跋

三宋人集序　　陳澧

方柳橋太守嘗與余談宋初古文有柳仲塗、尹師魯二集，而未見穆伯長集，以爲憾。今

太守署理運同，駐潮州，寄書來，云購得穆集，并柳、尹二集刻之，以新本見贈。其書辭意欣欣然喜，余亦同此喜也。海内爲古文者，蓋有未全見此三集者矣，今得之，亦必喜可知也。此三家古文，爲歐陽文忠開其先。余嘗以爲元次山、獨孤至之亦爲韓文公開先，欲選二家文，上溯至三國之文不爲駢儷者爲一集，不可盡以八代爲衰。惜余老矣，不能選。因讀此三集，以此意質之，太守以爲何如？光緒七年七月，番禺陳澧序。原載光緒辛巳碧琳瑯館刊本卷首

重刻三宋人集跋

方功惠

往功惠在羊城，陳蘭甫京卿勸以刻柳仲塗、穆伯長、尹師魯三家集，謂三家古文實爲歐陽公開先，凡治古文者不可不讀，惜傳本頗稀，見者少矣。考《參軍集》順治中代州馮氏嘗刻于金陵，若蘭溪柳氏之刻《河東集》，長洲陳氏之刻《河南集》，皆在乾嘉之間。當國初時，王漁洋、何義門已云二集之多譌，小峴山人作序，特以世有刻本爲後人幸也。《河東》、《河南》二集向有藏本，《參軍集》則未之見。己卯之歲，忝司潮郡鹺務，始得此本，惟訛脱太多。聞豐順丁禹生中丞持静齋藏書之富甲于嶺南，書目内載有舊抄本，爰借校讎……與柳、尹二集並付諸梓。自愧藏書不多，未能如王、何二公之精校。《河東》、《河南》則因柳、陳舊刻，馮刻《參軍集》屢購不得，今所以刻者，以持静齋本爲據。中丞云有舊刻本，惜

爲獨山莫氏借去。後日倘得善本，益加考正，是所願也。功惠承京卿之命而刻是書，今兹刊成，庶有以答。題曰《三宋人集》，蓋用南海馮氏刻《三唐人集》之例云。光緒辛巳，巴陵方功惠跋。原載光緒辛巳碧琳瑯館刊三宋人集卷末

柯逢時、周星詒、周李惠三跋

平湖陸某谷烜姬人沈彩，又號慶雲侍史，某谷所刻《夢影》《二蠶》詞，皆姬所手書也。光緒二十六年九月，逢時。

河東集予藏有二本，一即奇晋齋侍姬沈彩所寫，《嘉定日記抄》云「江南才婦書者」也；一爲明人抄，先輩傳録何氏校本。勘對此本亦從何氏出，間有筆誤可以意悟。遂以舊寫本歸湖州陸氏。巳翁周星詒。

外子新從福州陳氏借得《河東集》舊抄本，未有朱筆跋語二則，審非義門手跡，當出同時藏書家傳録，而是書流傳淵源藉之考見，因臨附卷末。元跋紙敝字損，缺文甚多，今亦仍之，以見舊式云。丁卯四月廿日，會稽周李惠記。原載北京圖書館清鈔本卷末

清讀古樓抄本抄者題記

辛酉歲八月中秋，林村居士復以靛筆校正五十餘字。

陸心源跋

右曙戒軒鈔本《柳仲塗集》十五卷，以景宋鈔本校之。卷十(卷)補殘缺表一首，計五百七十餘字，《在滁州陳情表》一首，計五百四十餘字。是集乃成全璧矣。時光緒七年仲秋之月旁生霸，歸安陸心源剛甫氏識於三十萬卷樓。

三、書目著録

郡齋讀書志　　晁公武

《柳仲塗集》一卷。

右皇朝柳開字仲塗，大名人。開寶六年進士。太平興國中，上書願備邊用，换崇儀使，知寧邊軍。徙全、桂二州，貶復州團練副使，居久之，復官。歷環、邠、曹、代、忻、滄五州。咸平四年終於京師。開幼奇警有膽氣。學必宗經，慕韓愈柳宗元爲文，因名肩愈，字紹先。既而易今名字，自以爲能開聖道之塗也。集乃門人張景所編，歐公嘗推本朝古文自仲塗始。《郡齋讀書志》卷十九別集類下

直齋書録解題　　陳振孫

《柳仲塗集》十五卷。

如京使、大名柳開仲塗撰。開，開寶六年進士，歷知常、潤州，以殿中侍御史换崇儀使，又歷八郡以卒。門人張景爲《行狀》及集序。本朝爲古文自開始，然其體艱澀。爲人忼慨，喜功名，急義，史亦稱其傲狠强愎云。《直齋書録解題》卷十七別集類中

崇文書目　　王堯臣等

《河東先生集》十五卷，柳開撰。《崇文書目》卷五

文獻通考

馬端臨

《柳仲塗集》一卷。

晁氏曰：宋朝柳開，字仲塗，大名人。開寶六年進士。太平興國中，上書願備邊用，换崇儀使，知寧邊軍。徙全、桂二州，貶復州團練副使，居久之，復官。歷環、邠、曹、邢、代、忻、滄七州。咸平四年終於京師。開幼奇警有膽氣。學必宗經，慕韓愈、柳宗元爲文，因名肩愈，字紹先。既而易今名字，自以爲能開聖道之塗也。集乃門人張景所編。歐公嘗推本朝古文自仲塗始。陳氏曰：仲塗歷知常、潤州，以殿中侍御史换崇儀使，又歷七郡以卒。門人張景爲《行狀》及集序，集凡十五卷。本朝爲古文自開始，然其體艱澀。爲人慷慨，喜功名，急義，史亦稱其傲很强愎云。《文獻通考·經籍》六十

庶齋老學叢談

盛如梓

柳仲塗云：「古文非在辭澀言苦，使人難讀誦之，在於古其理，高其意，隨言短長，應變作制，同古人之行事，是謂古人。」《庶齋老學叢談》卷中上

宋史藝文志

《柳開集》十五卷。《宋史》卷二百八

文淵閣書目　楊士奇

《柳仲塗文集》一部，三册，殘缺。《文淵閣書目》卷九

國史經籍志補編　焦竑

《柳開集》十五卷。《國史經籍志》卷五別集類

明史藝文志補編

《柳仲塗文集》三册，殘缺。《明史藝文志補編·經籍志》文集

鐵琴銅劍樓藏書目録　瞿鏞

《河東先生集》十六卷。舊抄本

宋柳開撰，門人張景編。集凡十五卷，末一卷爲景所作《行狀》一篇。舊爲吴文定鈔藏本，板心有叢書堂三字。《鐵琴銅劍樓藏書目録》卷二十

知不足齋宋元文集書目　鮑廷博

《河東集》，宋如京使柳開撰，大名人，十五卷，鈔本。《知不足齋宋元文集書目》宋人文集

四庫書總目

《河東集》十五卷附録一卷。浙江鮑士恭家藏本。《四庫書總目》卷一百五十二

池北偶談　王士禛

《柳仲塗集》　宋柳開仲塗《河東文集》十五卷，附《行狀》一卷，門人張景所編。其文多拗拙。石守道極推尊之，其《過魏東郊詩》上擬之皋、夔、伊、吕，下擬之遷、固、王通、韓愈，殊爲不倫。《東郊野夫傳》，開所自述，與《補亡先生傳》皆載集第二卷。又穆修伯長集，代州馮秋水方伯如京順治中刻之金陵，文拗拙亦與開類，詩尤不工。唐末宋初風氣如此，其視歐、蘇，真陳涉之啓漢高耳。景字晦之，避難逋竄，改姓名目李田，所至題曰：「我

非東方兒木子也，不是牛耕土田也。欲識我踪跡，一氣萬物母。」景作柳集序，破題云「一氣萬物母」也。見《湘山野録》。《池北偶談》卷十七

柳開論文

元盛如梓《恕齋叢談》載柳開論文曰：「古文非在辭澀言苦，令人難讀，在於古其理，高其意。」然予讀《河東集》，但覺苦澀，初無好處，豈能言之而不能行耶？《池北偶談》卷十七

持静齋書目　　丁日昌

《河東集》十五卷附録一卷，宋柳開撰，其門人張景編。《持静齋書目》卷四集部上

四庫全書總目提要

《河東集》十五卷附録一卷，宋柳開撰，開字仲塗，大名人。開寶六年進士。歷典州郡，終於如京使，事蹟具《宋史·文苑傳》。開少慕韓愈、柳宗元爲文，因名肩愈，字紹先。既又改名字，自以爲能開聖道之塗也。集中《東郊野夫》《補亡先生》二傳，自述甚詳。集十五卷，其門人張景所編，附以景所撰《行狀》一卷。蔡絛《鐵圍山叢談》記其在陝右爲刺

史，喜生膾人肝，爲鄭文寶所按，賴徐鉉救之得免，則其人實酷暴之流。《石介集》有《過魏東郊詩》，爲開而作，乃推重不遺餘力。條説固多虚飾，介亦名心過重，好爲詭激，不合中庸，其説未知孰確。今第就其文而論，則宋朝變偶儷爲古文，實自開始，惟體近艱澀，是其所短耳。盛如梓《恕齋叢談》載開論文之語曰：「古文非在詞澀言苦，令人難讀，在於古其理，高其意。」王士禎《池北偶談》譏開能言而不能行，非過論也。又尊崇揚雄太過，至比之聖人，持論殊謬。要其轉移風氣，於文格實爲有功，謂之明而未融則可，王士禎以爲初無好處，則已甚之詞也。

繡谷亭薰習録

吴　焯

《河東集》十五卷，宋知滄州柳開仲塗著，門人清河張景晦之輯，并爲之序。方五季之餘，文體萎弱，開能以韓柳爲宗，故其初名肩愈，字紹元。既而易之，自謂能開聖道之塗，斯固有心文教者。盧陵嘗推本朝古文斷自開始，而尹洙、穆修繼之，此特論文章氣運之先後耳，然亦難乎其爲創矣。今讀其《默書》諸篇，沈雄堅潔，實有本源，而陳氏以艱澀目之，過已。然持論有偏僻處，如論揚雄《劇秦美新》之論，謂比新于秦，同其惡也；劇者，惡之甚也；美者，謂新之惡少異于秦也。夫秦滅六國，豈與莽竊漢同科而尚分其優劣哉？駮

《班史》論雄言不當稱經，謂明聖人之道即稱聖人之言，似也；至謂聖人之道存乎揚，其可乎？《昌黎集序》謂韓之文得聖人大道，似也；至謂遠過于孟子，其可乎？觀其立論，殆亦賢者之過與。此本有丹筆校讐，凡改誤處俱稱依何本，未知爲誰氏也。《繡谷亭薰習録》乙編集部一

善本書室藏書志　丁丙

《河東柳仲塗先生文集》十五卷附《行狀》一卷　舊鈔本，吕氏講習堂藏書。

宋柳開撰。開字仲塗，大名人。開寶六年進士。歷知常、潤州，以殿中侍御史换崇儀使，又歷八郡，咸平四年終於京師。門人張景爲《行狀》、集序。歐公嘗推本朝古文自仲塗始。此鈔本脱景序，有「禦兒吕氏講習堂經籍圖書」及「吕甫中」印、「無咎」小印，猶是前明舊帙。又有「好學爲福齋藏」、「古潭州袁臥雪廬收藏」兩印，則後來所鈐者。光緒辛丑季秋錢唐丁氏開雕。《善本書室藏書志》卷二十六

《河東先生集》十六卷，精鈔本，怡府藏書。門人張景編。

宋知滄州柳開仲塗撰。方五季之餘，文體萎弱，開獨能以韓柳爲宗，故其初名肩愈，字紹元。既而易之，自謂能開聖道之塗矣。廬陵嘗推本朝古文斷自開始，而尹洙、穆修伯

長繼之，此特論文章氣運之先後耳，然亦難乎其爲創矣。《默書》諸篇，沈雄堅潔，實有本源，而陳氏以艱澀目之，過矣。至論揚雄《劇秦美新》之論，謂比新於秦，同其惡也；劇者，惡之甚也；美者，謂新之惡少異於秦也。夫秦滅六國，豈與莽竊漢同科而尚分其優劣哉？駁《班史》論雄言不當稱經，謂明聖人之道即稱聖人之言，似也；至謂聖人之道存乎揚，其可乎？《昌黎集序》謂韓之文得聖人大道，似也；至謂遠過于孟子，其可乎？此本藍格，精鈔，有丹筆校字，鈐「安樂堂藏書記」、「明善堂珍藏書畫印」諸記。《善本書室藏書志》卷二十六

八千卷樓書目　丁丙

《河東集》十五卷附録一卷，宋柳開撰，抄本。舊抄本、舊抄本（《四部叢刊》本）。《八千卷樓書目》卷十五

李慈銘荀學齋日記二則（節録）

光緒壬午十一月二十八日庚戌閲柳仲塗《河東先生集》，共十四卷，前爲《宋史》列傳及其門人張景序，又國朝盧氏文弨序，末附景所譔《柳公行狀》及國朝何氏焯兩跋、浦陽戴

殿海跋。仲塗初名肩愈，字紹先，其自爲《東郊野夫傳》及景《行狀》皆同，而《宋史》作「名肖愈，字紹元」，仲塗以子厚爲其祖，必無用「元」字之理也。文頗嶄岸有筆力，勝於穆參軍，而好爲大言，則與之同，蓋唐末江湖之氣猶未能盡洗矣。《荀學齋日記》丁集下

十二月癸丑朔閲柳仲塗集，其文言理及自譽者，皆甚可厭，又喜多用語助字，或支離詰曲，唐季之惡派也。論事叙人，頗有佳者。又可以證史者三事：《上主司李學士書》云：「開之大王父諱璨，唐光化中趙公諱光逢司貢士也，實來應舉，趙將以榜末處之。有移書于趙公毁我先君者，趙公始得一書，乃遷其名而進一等。前後得謗書二十六通，每得一書，必進一名。是歲也，趙下二十七人，故我先君名止于第二，茍是時未止于二十六人之毁也，即必冠乎首矣。我先君後果作相于唐，而有力扶大難之美，陷乎身而君子到于今稱之。」案大王父者，蓋曾祖也。張景爲仲塗《行狀》言「曾祖佺，祖舜卿，皆不仕」。考承翰爲監察御史，世居魏。《宋史》及《東都事略》皆言開大名人，父承翰。考唐代亦無柳璨爲相者，「璨」又不成字，疑即柳璨也。璨傳言光化中登進士第，昭宗末同平章事，後與蔣元暉等同爲朱全忠所殺。惟璨爲公綽從弟公器之孫，《舊唐書》公綽傳云京兆華原人，而璨傳云河東人，蓋舉其郡望，皆與魏不相涉。仲塗以子厚爲祖，是亦出河東。而其曾祖自名佺，此書乃稱爲大王父，又屢稱爲我先君，且以負國賊而謂以力扶大難陷身，皆不可解。

蓋以同宗之祖行强相攀附，即其祖子厚亦然，文人虚誇之習也。然此一節，可以存唐代科名故事。

又《宋故開府儀同三司檢校太師贈侍中孟公墓誌銘》及《祭知滁州孟太師文》，皆爲孟昶子玄喆作；《宋故和州團練使李侯墓誌銘》，爲李筠子守節作。《孟誌》言玄喆字遵聖，母趙妃早殞蜀，昶卒後尚有楚、越、越國三夫人。玄喆歷守兗州、貝州、定州，加特進，以功封滕國公，授金吾統軍，知滑州，最後知滁州。以淳化三年九月卒，年五十六，贈侍中。有子十五人：隆証，曹州軍事推官；隆詁，知□豐縣事；隆説，吉州軍事推官；隆詮，秀州軍事推官，四人皆登進士第。隆諲，供奉官；隆諫、隆諤、隆讜、隆諗、隆詢，皆殿直；隆謥、隆譯、隆謐、隆護皆幼。案以上衹十四人，蓋脱其一。《李誌》言守節字得臣，曾祖植贈太尉，祖益贈太師。守節以開寶四年二月卒，年三十三，無子，有弟曰鈞，皆史所不及詳。

又仲塗由第進士至殿中侍御史，雍熙中與侍御史鄭宣等五人並以文臣有武略改右班，出知州鎮。仲塗改崇儀使，後加如京使，終於知滄州。而《行狀》系銜曰金紫光禄大夫、檢校司空兼御史大夫、上柱國、河東縣開國伯，蓋宋初武臣州任階勳檢校官，猶沿中唐以後藩鎮之制，超越數等，至軍州必兼御史大夫，則邊鎮多同。元豐末改官制以前猶如是也。其卒在咸平三年三月，年五十有四。《宋史》作「四年」，誤。

又《宋史》言開兄肩吾至御史，肩吾三子，湜、灝、沆並進士第。考集中《贈大理評事柳公墓誌銘》及《故贊善大夫柳君墓誌銘》，則肩吾實仲塗仲父天雄軍都教練使承昫之子，官至太子左贊善大夫，知郢州，未嘗爲御史。有六子，湜、滉、液、漴、溶、潯。湜第進士，官中牟尉，無名灝、沆者。蓋滉等後改名，又第進士耳。史文疏舛，大率如此。

四庫全書總目提要補正

《河東集》十五卷附録一卷，惟體近艱澀，是其所短耳。盛如梓《庶齋叢談》載開論文之語曰：「古文非在辭澀言苦，令人難讀，在于古其理，高其意。」王士禎《池北偶談》譏開能言不能行，非過論也。又尊崇揚雄太過，至比之聖人，持論殊謬。吴氏《繡谷亭薰習録》：「《默書》諸篇，沈雄堅潔，實有本源。陳氏目以艱澀，過矣。玉縉案提要蓋本陳振孫説。至論揚雄劇秦美新之論，謂比新於秦，同其惡也；劇者，惡之甚也；美者，謂新之惡少異於秦也。夫秦滅六國，豈與莽竊漢同科而尚分其優劣哉？駁《班史》論雄言不當稱經，謂明得聖人之道，即稱聖人之言，似也；至謂聖人之道存乎揚，其可乎？《昌黎集序》謂韓之文得聖人大道，似也；至謂遠過于孟子，其可乎？」後丁氏《藏書志》全襲其説。李慈銘《荀學齋日記》云：「仲塗初名肩愈，字紹先，其自爲《東郊野夫傳》及景《行狀》皆同，而《宋史》作『名肖愈，字紹元』，仲塗以子厚、其祖，必無用『元』字之理也。文頗嶄岸有筆力，勝於穆參軍，而好爲大言，則與之同，蓋唐末江湖之氣猶未能盡洗矣。」又云：「其文言理及自譽者皆甚可厭，又喜多用語助字，或支離詰曲，唐末之惡派也。論事叙人，頗有佳者。又可以証史者三事：《上主司李學士書》云云，此一節，可以存唐代科名故事。又《宋故開府儀同三司檢校太師贈侍中孟公墓志銘》及《祭知滁州孟太師文》，爲孟昶子玄喆作。《宋故和州團練使李侯墓志銘》，爲李筠子守節作。《孟志》言玄喆字遵聖云云，《李志》言守節字得臣云云，皆史所不詳。」又云：「仲塗卒在咸平三年三月，年五十有四，《宋史》作『四年』，誤。」又《宋史》言開兄肩吾至御史，肩吾三子，湜、灝、沆並進士第。考集中《贈大理評事柳公墓志銘》及《故贊善大夫柳君墓志銘》，則肩吾實仲塗仲父天雄軍都教練使承昫之子，官至左贊善大夫、知郢州，未嘗爲御史。有六子：湜、滉、液、漴、濬、潯，湜第進士，官中牟尉，無名灝、沆者，蓋滉等後改名，又第進士耳。史文疏舛，大率如此。」《四庫全書總目提要補正》卷四十五

四庫全書總目簡明標注

《河東集》十五卷附録一卷，宋柳開撰，其門人張景編，附録一卷，爲景所撰開《行狀》。

蘭溪柳渥川新刊本，抱經、竹汀皆有序。竹汀所見鈔本，序後有小字一行，云「胥山蠶妾沈彩書」。韓氏有影宋本。

［續録］八千卷樓有舊鈔本二部，《四部叢刊》本。《四庫全書總目簡明標注》卷十五集部三

書目答問　張之洞

《河東集》十五卷附録一卷，柳開，清朝人校刻本。《書目答問》集部

書目答問補正　范希曾

《河東集》十五卷附録一卷，柳開，國朝人校刻本。［補］宋柳開。乾隆間蘭溪柳渥川校刻。光緒間巴陵方功惠碧琳瑯館刻本，合穆修、尹洙二家爲《三宋人集》。四部叢刊影印舊鈔本。《書目答問補正》卷四

點校後記

一九八四年點校初稿完成後，曾經中華書局文學室許逸民先生等指導下修改兩三次，但未見下文。日月倏忽，三十年匆匆過去，以爲此稿無果而終。直到二〇一四年，方接劉彦捷先生聯繫，寄來打印稿及函示。因原稿已屢尋不見，其他資料亦未保存。只能重新搜集資料再行核校。二〇一五年四月又接許慶江先生寄來新樣及函示，對版本、校勘、標點等問題全面提出了翔實的修改意見，使我受益匪淺。文學編輯室先生們嚴謹的治學態度和高度的專業水準令人感佩至深。謹以此記聊表仰止之情和衷心謝意。

點校者　二〇一五年五月於太原